私の死体を探してください。

My Dead Body
Please
Look for it

星月 渉

Wataru
Hoshizuki

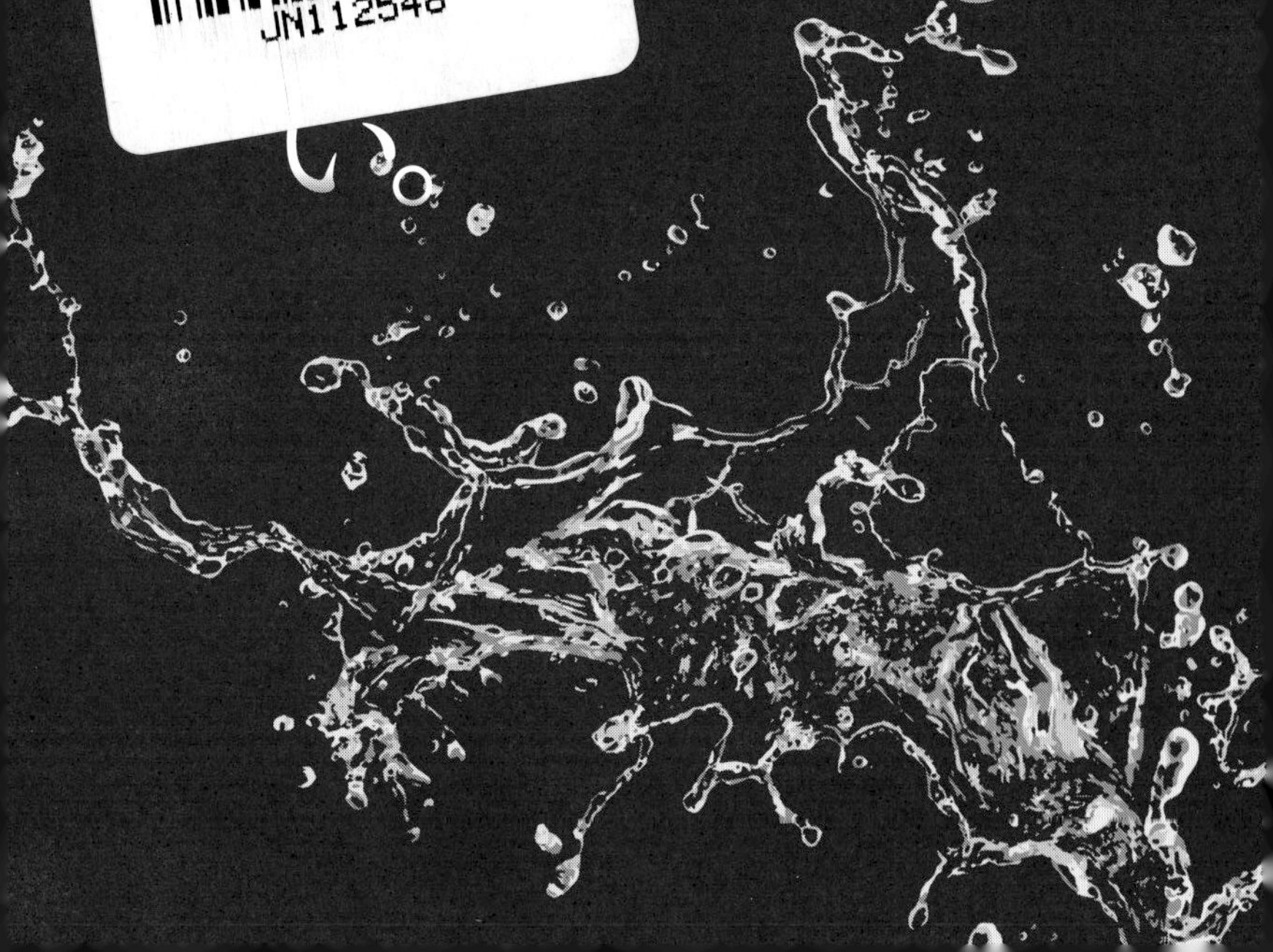

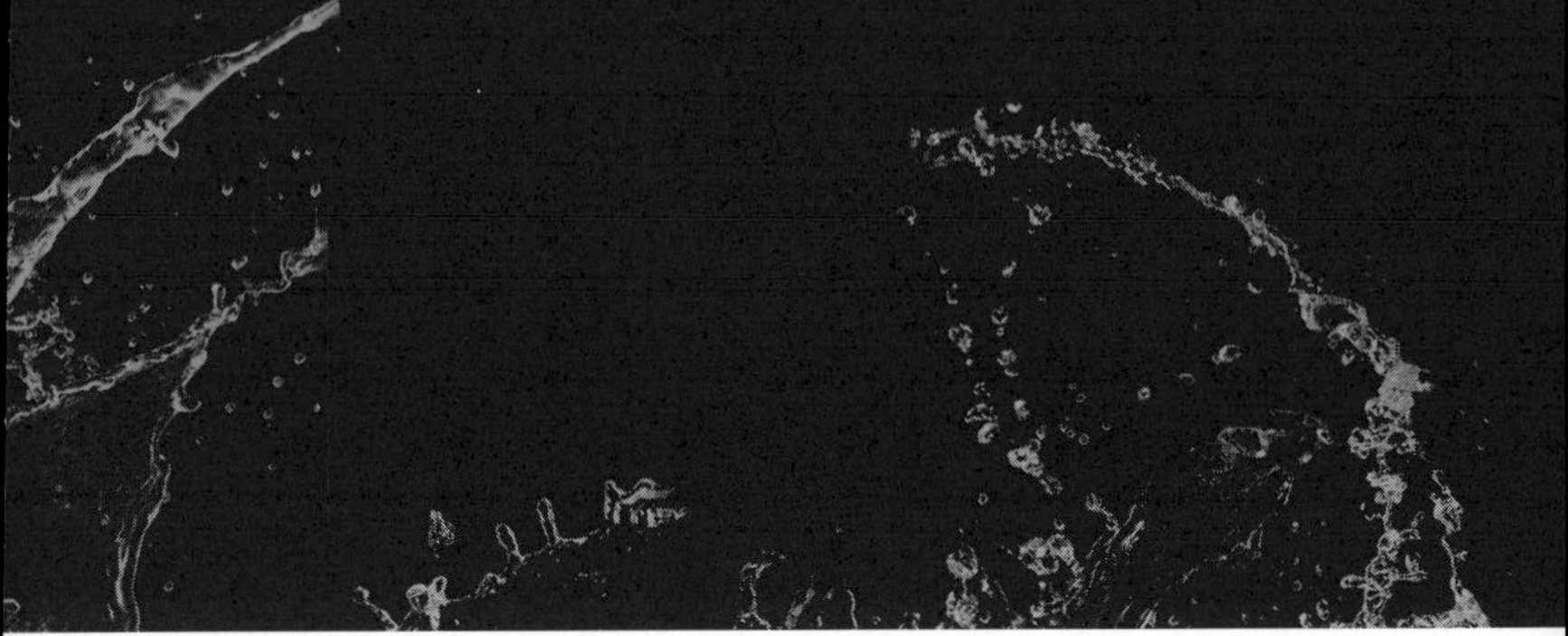

目次
Contents

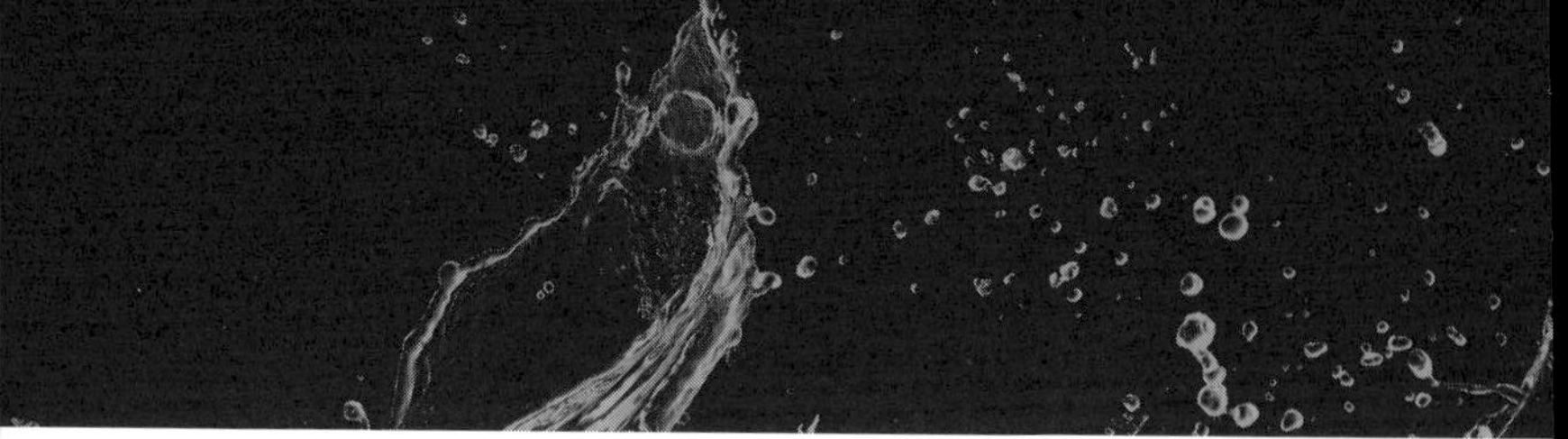

装画……青依 青

装幀……大岡喜直（next door design）

脳内ストリップ

——森林麻美のオフィシャルブログ——

こんなことは信じられないと言われてしまうかもしれませんが、私にとってこの世における最大の謎は、ギザの大ピラミッドやバビロンの空中庭園のように人々が口々に「謎だ」と言うようなものではありません。

私にとっての最大の謎は「人の感情」なのです。いつも、捉えられるはずもない、空気をつかむような心地で人の感情を想像します。それは他者のものだけではありません。私は時折自分自身の感情にさえ、名前のつけ方が分からなくなります。もしかしたら幼少時代に、自分の感情のスイッチを切らざるを得ない日常をすごしてきたせいかもしれません。私は実父から酷い虐待を受けていたようなのです。自分に起きていたことのはずなのに定かでないのは、あまりにも幼かったため、酷い虐待の記憶が私には残っていないからです。ですから感情のスイッチを本当に切っていたかどうかも実際には分かりません。自分のこと、自分の感情であるはずなのに、そして、今の自分にたどり着いた原因であるはずなのに、想像でしか言えないのです。

いつからかは分かりませんが、気づけば養護施設の職員にも、学校の教師にも、私と関わる大人には表情の薄い子だと言われたものです。

分からないが故に気になってしまうのが人間の感情でした。子ども時代の私が読書にのめり込んでいったのは、たとえつくりごとであったとしても、物語には確かに人間の感情とその動きが描かれていると思ったからです。

そして、自分で人の感情を描くようになって、自分のうちにある様々な感情のことにも気づけるようになっていったのだと思います。

私は自分が得てきた自分の感情を、とても大切にしてきました。得がたいものもあれば、あっさりとこぼれ落ちるようになくしてしまうものもありました。

今持っている感情をなくしてしまうかもしれないことは、私にとっては恐怖なのです。

一年前、悪性の脳腫瘍が見つかった時、命を失う可能性よりも自分の脳が病気で変わってしまうこと、自分の感情の抱き方が変わってしまうかもしれないことのほうが私にとっては重要でした。

そして、病気の進行は来るところまで来ました。きっと私の決断を非難される方は沢山いらっしゃると思いますが、私は自分の今抱いている感情が確実なうちにみずから死を選ぼうと思います。

短い人生かもしれませんが、大学在学中に小説家としてデビューしてから今まで、作品を発表し続けることができたのは幸運だったと思います。

ついさきほど、遺作になる作品の原稿を書き上げました。そして、続刊を待っていただいているサイコガールシリーズに関しましては、すべてのプロットを信頼する編集者に託す予定です。これで少なくとも作品の結末は残せたと思います。突然こんなお話をして、読者のみなさまを驚かせ、悲しませてしまう私からのせめてもの罪滅ぼしのつもりです。どうか、身勝手な私を許してください。

今まで私の作品を読んでくださったすべての方には、ただただ感謝しかありません。

そして、私から読者のみなさまに最後の謎をお贈りしようと思います。

私の死体を探してください。

不謹慎だと非難され、脳腫瘍のせいで森林麻美はおかしくなってしまったのだと思われるかもしれませんが、私は本気です。

私の死体を探してください。

ミステリー作家の私から、みなさんに捧げる最後のミステリーです。

私の死体を探してください。

令和五年　七月三十日

森林　麻美

三島正隆【一】

地下室を造ろう、と言ったのは確かに僕だった。麻美《あさみ》は「そんなもの必要ないのに理解ができない」という顔を隠しもしなかったが、いざこの別荘ができあがってみると、地下室を一番気に入っていたのは麻美のほうだった。僕が自分の趣味の部屋にすると話していたことも忘れて、昔の文豪さながらの古い座卓の書き物机を僕に運ばせて、執筆が行き詰まると決まってそこで書いていた。締め切り前の時間に追われている時の後ろ姿は、まるで地下牢に閉じ込められている囚人が自分の無実を綴《つづ》っているようだった。

「追い詰められているかんじがして、集中できるみたい」

「〇〇みたい」は麻美の口癖だった。麻美は自分のことがよく分からないのか自信がないのか、昔から常にそういう言い方をした。自分のことさえよく分かっていないような女だったのにものを書いていた。もしかしたら、ものを書いている麻美にはまったく別の人格が宿っているのかもしれないと思ったものだ。

ここに物件を探しに来た時、麻美は富士山《ふじさん》を見て怯《おび》えていた。

富士山を見て怯えていたのも僕にはまったくよく分からない理由だった。

「なんだか見張られているみたい」

富士山が僕らを見張っているというのだ。確かに山中湖《やまなかこ》の湖畔から眺める富士山は写真や映像、東京の展望台から望める蜃気楼《しんきろう》のようなぼんやりとした姿とはまったく違う。大地の、地球のエネルギーの隆起を感じる。でも富士山は僕らを見張ってはいない。ただそこにあるだけなのだ。

よく分からない理由で富士山を怖がるような怖がりな女なのに、シリアルキラーやテロリストを嬉々《きき》として書く麻美はやはりちょっと変わった女だと言っていいのではないだろうか。

しかし、結局のところ、麻美がここに別荘を建てた理由は「富士山が見張っているから」だったのだろう。もともと、レジャーのためではなく、東京の喧噪《けんそう》から離れて執筆をするための家かマンションを探していたわけだから「巨大な見張りがいる」というのは麻美にとっては絶好の場所だったに違いない。リラックスとはかけ離れた理由で山中湖に別荘を建てることになったのだ。

二部屋ある地下室の両方のドアを開けて換気をした。当然だが窓がないから空気の入れ換えにはなかなか時間がかかる。臭いもこもりやすかった。もともとワインセラーとパントリーを兼ねた部屋として作ったから、簡単な調理はここでもできる。麻美が前回来た時に捨てるのを忘れた生ゴミが残っていたせいで地下室には悪臭が立ちこめていた。まったくだらしがない。麻美にはそういうところがある。仕方がなかったとはいえ、地下室に来たことを後悔した。

地下室の冷凍庫からストックしていた氷を一階のキッチンに運び、手を洗うと、吊り戸棚から自分のお気に入りのロックグラスを取り出して氷を入れる。鈴が鳴るような小気味よい音がしてそれだけで癒やされる気がした。ウイスキーを注いで一気にあおった。

ここに来るしかなかった。

その考えを振り払うようにもう一杯注いで、リビングに向かう。将棋盤のように規則正しく正方形が並んでいるパノラマサッシから見える青空はいつもなら僕の心に解放感を与えてくれるのに、今日はそれをうまく得られなかった。深々とため息をついて革張りのソファーに腰を沈めた瞬間だった。

インターフォンのメロディが大音量でリビングに響いた。地下室にいるとインターフォンになかなか気づかない麻美に音量を上げておくように言ったのは確かに僕だったが、それはインターフォンを押す人物が大抵は自分だったからだ。

この別荘に来る訪問客はほとんどいない。近隣住民と特別な交際はないし、麻美には仕事関係の知人はいても、ほとんど友人がいなかった。重要な郵便物は東京のマンションにしか届かないし、宅配便も頼んでいないはずだ。だとしたら……。

僕は恐る恐る訪問者の姿が浮かび上がった明るいモニターをのぞき込む。そこにはよく見知った顔が、どこか不安そうな表情を浮かべていた。一瞬躊躇《ためら》った。今は誰かと会いたい気分ではない。けれども、めざとくなくても駐車場にある僕の白いランドクルーザープラドが目に入ったはずだ。別荘に僕か麻美が、もしくはふたりが在宅していることの動かぬ証拠と思うだろう。

僕は仕方なく「通話」ボタンを押す。

「先生！　森林《もりばやし》先生！」

切羽詰まったような声色に僕は驚いた。

「池上《いけがみ》さん、麻美はここにはいないけど、どうしたんだい？　締め切りはしばらくないと麻美は言っていたんだが、何か忘れているのかな？」

「あ、正隆《まさたか》さんですか？　先生は今どちらにいらっしゃるんですか？」

「どちらにって……東京の自宅にいると思うんだけど……」

「東京のご自宅にいなかったから、私がここに来たんです」

池上沙織《さおり》は麻美の担当編集者だ。東京からここまで車でも二時間はかかる。このまま追い返せそうもないと思った僕は玄関のロックを開けた。

沙織の髪は少し乱れて、化粧も直していないのか、その額と鼻の頭がてらてらと光っていた。いつも、隙のない印象をこちらに与えるように気をつけていることがうかがえる沙織にしては珍しいことだと思った。

「森林先生と電話もメールも全然繋がりません。どこにいるか分かりませんか？」

「東京の自宅にいないなら僕にも分からないな」

「最後に先生と話したのはいつ、どこで、ですか？」

「どうしてそんなことを聞くんだい？」

「このままでは、森林先生が自殺してしまいます！　正隆さんは先生のブログをご覧になっていないんですか？」

沙織が何を言っているのか理解に苦しむ。麻美が自殺だって？　そんな馬鹿な。

「僕は麻美の仕事に関してはノータッチだからね。ブログは読んでいないよ。自殺ってどういうことなんだい？」

「こちらをご覧になってください」

沙織はそう言うと、自分のスマートフォンの画面を操作してから、それを僕に差し出した。気が進まなかったけれど、それを読んだ。

ざっと最後まで読んで、わけが分からなくなった。なんなんだこのブログは！ 麻美が病気だって？ 僕は何も聞かされていない。それに、ここ最近の麻美は具合が悪そうには見えなかった。これはフィクションなんじゃないのか？ それに自殺をほのめかす内容に驚きを隠せなかった。みずから死を選ぶ？ 麻美がそんなことを考えるだろうか？ 麻美は死にたいと思ったことなど一秒もない女だと思っていた。

――私の死体を探してください。

三度繰り返されたこのフレーズにどこか芝居じみたものを感じた。麻美は何か巧妙な仕掛けを作って、こちらが慌てふためく様子を楽しもうとしているんじゃないだろうか？

「正隆さん、先生を最後に見たのはいつですか？ 自宅と、この別荘以外で先生が行きそうな場所に心当たりはありませんか？」

「池上さん、まさか、このブログの内容を信じているわけじゃないだろう？」

沙織は僕を睨《にら》みつけた。そして、呆れたように深々とため息をついて、僕の手から自分のスマートフォンをひったくった。いつもの彼女らしからぬ暴力的な動きに僕は驚きを隠せなかった。沙織は画面をスクロールして何かを確認した。そして、いらだちを隠しもしなかった。

「信じているから、私にとって一番の心当たりのこの別荘に来たんです。先生のブログの読者から編集部にひっきりなしに電話がかかってきています。正隆さん。私が最後にお会いしたのは十日前にシリーズの新作の打ち合わせをした時です。先生を最後に見たのはいつですか？」

「昨日、自宅のマンションでだ。麻美とけんかをしてしまって、昨日僕はここにひとりで来たんだ。このブログがアップされたのはいつ？」

「昨夜の十一時半です。でも、森林先生は、いつもブログの公開を時間設定していたので、その時に書かれたものではないかもしれません」

「じゃあ、もし、このブログの内容が本当だったとしても、昨日の十一時半に麻美が無事だったかどうかは分からないってことか？」

「そうです。だから、急がないといけませんし、捜索するにも最後に誰が先生を見たかが重要になってくると思います。正隆さんは先生と位置情報を共有していないんですか？」

「そんなことしていないのは池上さんだって知っているだろう？」

「逆に森林先生が一方的に正隆さんの位置情報を知っているってことはないですか？」

「それはあるかもしれない。でも分からないよ。まあ、麻美は僕が何をしたって気にしないと思うけどね。いくら疑わしくても罰せられたことはないし」

沙織は一瞬首を傾《かし》げてから、きょろきょろとリビングを見渡し、スマートフォンを操作すると僕に差し出した。

メモのアプリケーションにはこう綴られていた。

――この部屋には盗聴器はないんですか？

「盗聴器？　そんなものがどうしてあると思うんだい？」

沙織はまるで子どもに言って聞かせるように人差し指を唇にあてて、僕を黙らせてから、更にメモを書き込んで、またこちらに画面を向けた。

――森林先生は私たちのことをすべて、知っています。東京のマンションに盗聴器が仕掛けられているとしか思えない音声を先生から聞かされたんです。私たちのメッセージのやりとりも監視していたみたいです。

暑くもないのに背中や脇からどっと汗が出た。麻美は何もかも知っていたのだ。それなのに、そのことを暴露せずに死ねるものだろうか？

麻美はなんらかの報復を考えているのではないだろうか？

池上沙織【一】

男の間抜けヅラを見て、何度目だか分からない後悔がこみ上げてくる。後悔しかしていない。この男は自分が森林麻美先生の夫である、ということ以外に何の価値もないことをまだ分かっていないのではないか？

いや、価値に関しては私にとってはということにすぎないのかもしれない。

でも、いわゆる男女の関係になって、どれだけ時間をかけてもこの男の魅力というものが、私にはさっぱり分からなかった。


森林先生の担当になることは私が出版社に入社する前から叶《かな》えたかった夢だった。

森林先生のデビュー作『断罪の行方』は高校生の時に読んだ。衝撃的だった。森林先生がそれを書いたのが、自分とそう年も変わらない大学生の時だったと知った時の驚きは今も鮮明に覚えている。私も小説家になりたいと憧れた。

小学生のころから国語の成績は良かったし、読書も大好きだったし、作文も得意で読書感想文で金賞をもらったことも、自由作文が新聞に掲載されたことだってあったから、きっと自分にならできるだろうと思っていた。

それが大きな勘違いだと気づいたのは大学生になってからだった。

どうやら私には「小説を書く」という才能がないようなのだ。何度覚悟を決めて取り組んでみても、うまく物語を構築し、文章を書き上げるという作業がどうしてもできなかった。書いては消し書いては消しを繰り返していくうちに自分では小説を書くことができないのだと悟った。自分で書くことができないとなると、いっそう小説家という職業に対する憧れは募《つの》っていった。自分で書くことができないなら、せめて小説が生まれる場所に立ち会いたいと思った。

私が編集者を目指したのはそんな経緯があったからだ。

希望通り出版社に入社はしたけど、必ずしも編集部に行けるわけでも、文芸に行けるわけでもないことは百も承知だったけど、私は運良く希望通りに配属され、入社三年目で森林麻美先生の担当になった。

高校生のころから十年近く読み続けた大好きな小説家の担当編集者になることが決まった時の興奮は今も鮮明に覚えている。

引き継ぎの挨拶をしに前任の担当者に連れられ森林先生のマンションへ行き、初めてお会いすることができた。先生のお顔は写真で知っていたけれど、実際お会いしてみると、私が想像していたよりもずっと小柄で、大きな目が印象的で、とても綺麗《きれい》な方だなと思った。でも、どこかつかみどころのない人のようにも思えた。

モデルルームのように美しく調和のとれたリビングルームで、私は自分がどれほど森林先生の作品のファンであるかを、自分と森林先生の作品の歴史を語ろうと思った。

「森林先生、初めまして。このたび担当になりました、池上沙織と申します。若輩ですが、森林先生の作品はデビュー作からすべて拝読しております」

「そうなの。どうもありがとう」

私が出した名刺をじっと見たままの素っ気ない返事にちりりと胸が痛んだ。確かに先生ほどの人気作家になれば、そんなことを言われるのは日常茶飯事なのかもしれない、と気を取り直した。

「インタビューも対談もほとんど拝見しています。森林先生の作品作りや着眼点にはいつもハッとさせられるんです」

「あらそう」

森林先生は顔を上げてくれない。

私が何かを言えば言うほど、森林先生の表情から何かが落ちていき、不安になった私がどんどん熱っぽく話をしていく……。繰り返せば繰り返すほど森林先生の心の壁が高く厚くなっていくような心細い気持ちになった。私の焦りを感じた前任者が、私の日ごろの仕事ぶりや、森林先生の作品が本当に好きだというエピソードを語ってくれても、昨日の天気の話を聞いているくらいの反応しか返ってこなかった。

焦りと緊張は限界で吐き気までもよおすほどだった。

森林先生のような人気作家の担当編集者は、当然私だけではない。各出版社の担当編集者が手ぐすねひいて次の作品、次のヒット作を狙っている。

その日、先生は私が話している間、ずっと気のない返事をして、一度も顔を上げることはなかった。ひとり暮らしの部屋に帰ると、私はがっくりと膝をついて泣いた。顔も覚えてもらえなかったと思った。悲しくて悔しかった。ひょっとしたら悲しみを通り越して怒りさえ覚えていたかもしれない。でも、だからあんなことをしたのだと正当化はできない。

私は怒りと焦燥が入り混じった自分の感情を優先してしまったのかもしれない。

私が本当にしなければいけなかったことは、先生の気持ちを想像することだった。未熟な私にはそれができなかった。

そこをあの男に利用されてしまったのだ。

ただ、利用されたと一方的に言うこともできない。私には確かに好奇心があったと思う。三島《みしま》正隆が森林先生の夫であるということ。その事実には純粋に興味があった。私にとってのトロフィーの要素が彼になかったとは決して言えない。

初めて正隆と対面したのは、先生の自宅で二回目の打ち合わせをしている時だった。相変わらず森林先生の反応は薄く、私は困り果てていた。

そんな時リビングの奥のドアが突然開いた。森林先生の頭が動いてそちらに反応した。私も思わず見ると、淡いブルーのバンドシャツにデニムをはいた男性が出てきた。整えられたひげには清潔感があった。私よりも少し年上の男性。第一印象に悪いところはひとつもなかったと思う。

「ああ、ごめん。打ち合わせ?」

「昨日の夜言ったと思うけど……。池上さんは私の夫に会うのは初めてよね?」

「初めまして。このたび森林先生の担当になりました。池上沙織です」

「初めまして。夫の三島正隆です」

「そうだ。正隆さん、これから出かけるのなら池上さんを駅まで送ってもらえない？」

「ああ、構わないよ」

「先生、打ち合わせの続きは……」

「今日はもう進まないと思うの、また日を改めましょう」

「でも、もう少し……」

「ちょっと考えさせてくれない？」

先生のペースで切り上げられてしまう、と焦っていた。すると正隆が笑って口を挟んだ。

「池上さん、麻美がこう言う時は、何を言ってもだめなんだ。そうだろう？」

「その通りなの、ごめんなさいね」

森林先生は私を見て苦笑いを浮かべた。こちらをちゃんと見てくれたことが私は単純に嬉しかった。それは先生にとって夫の正隆がとても重要な人物なのだということの証明に思えた。

それからすぐに私は正隆の白いランドクルーザープラドで駅まで送ってもらった。連絡先の交換は自分から言い出したことだった。やってはいけないことだったかもしれないけれど、あの時の私は必死だった。

そして、正隆と不倫関係になった時、私だけの蜘蛛《くも》の糸をつかんだような気持ちでいた。それが大きな勘違いであることには、すぐに気づいたけれど、覆水盆《ふくすいぼん》に返らずだ。秘密を守るために私は正隆との関係を続けるしかなかった。私にとってこの不倫関係は口止め料でしかない。私自身は正隆に本当になんの魅力も感じていない。

「盗聴器ってことは……まさか」

ようやく私が何を言いたいかに気づいた正隆の鈍さにイライラした。

「先生は私と正隆さんの関係に気づいていたんです」

もう先生に聞かれている可能性があったとしても仕方ないと思い、スマートフォンに文字を打つのはやめて、正隆に返事をした。

森林先生が一番信頼する編集者は私でなければいけなかったのに、これでいよいよすべてが台無しになったような気がした。先生のブログには新作と、人気シリーズのプロットを編集者に託していると書かれていた。

新作はまだしも、あの人気シリーズは先生と私が立ち上げた企画だ。あのシリーズの完結版のプロットを私はいただいていない。私が持っていないのはあまりにも不自然すぎる。私は編集長にはプロットは確かに預かっているけれど、先生の病気のことや安否は分からないと伝えて、編集部を飛び出してここにやってきた。

手ぶらでは帰れない。

もちろん、先生の安否が一番気がかりだけど、新作の原稿と人気シリーズのプロットが私以外の人間の手に渡っているのかもしれないと思うと悔しくて頭を掻《か》きむしりたくなる。

それなのに肝心の正隆は何も知らないと言う。この大変な時に、ゆっくりリビングでウイスキーを飲んでいた。

この別荘も、あの大きなランドクルーザープラドも、左腕で自己主張している入手困難なモデルのロレックスも、全部この人のお金で買ったものじゃないのに、なんてのんきなんだろう。

「正隆さんもね、小説家志望なの」

森林先生にそう言われた時、私は苦笑いを浮かべることしかできなかった。ちょうどそのころ、森林麻美の夫はヒモだ、という話を他社の編集者から聞いたばかりだったのだ。正隆は森林先生と結婚する直前に「創作活動に専念する」という名目で勤めていた会社を辞めて現在に至るということらしかった。

「そうなんですか？　どういったものを書かれているんですか？」

「それは私にも分からないの。一度も見せてもらったことがないから」

そう言って苦笑する先生の顔を見て、先生が疑わなくても私は正隆について疑った。彼はひとつも最後まで書き上げたことのないワナビーなんじゃないかなって。

かつてどんなに頑張っても小説を書き上げることができなかった自分のことが思い出されて、より疑いの色は濃くなった。

どんなに高尚なものを作ろうと考えようが、どんなに素晴らしい企画や新しいこころみであろうが、完成しない作品はこの世に存在しないという点で、どんな陳腐な作品にも劣るのだ。それを森林先生ほどの人が分かっていないとも思えなかった。

そして、正隆は本当に何もしない男だった。家事はすべて森林先生が行っていた。丁寧で几帳《きちょう》面《めん》な主婦ぶりだった。東京のマンションも山中湖の別荘も隅々まで掃除が行き届き、食事も味噌まで手作りしているような徹底ぶりだった。家事に費やしている時間の一部でも自由になれば、森林先生はもっと作品作りに集中できたのではないだろうかと思わずにはいられなかった。

「森林先生、せめて掃除だけでも外注したらどうですか？　かなりご負担になっているように見えるんですけど」

「そうねえ……」

気のない返事だった。でも、その気のない返事の理由は私にもすぐに分かった。森林先生には正隆以外にも重荷があった。

正隆の母親だ。

あの姑《しゅうとめ》は、この家の家計のすべてを担っているのは森林先生だということを分かっていないみたいだった。正隆が母親になんと言っているのかは想像にかたくない。

息子の嘘を信じ続ける愚かな母親。

ひとり息子の正隆をとことん甘やかし、根拠のない自信と自尊心を育てていったのはこの母親だろう。甘やかされるのがあたりまえで、茶碗ひとつ片づけようとはしない男に育て上げた母親。

正隆の母親はそのバトンをどうしても森林先生に渡したいようだった。

いつだったかの打ち合わせの日。正隆の母親が森林先生のマンションに来た。いつもなんの連絡もなく突然やって来るようだった。

「あら、麻美さん？　お仕事？　お掃除は大丈夫なの？　カーテンはいつ洗ったの？　正隆さんは埃《ほこり》があると咳《せき》が止まらなくなるのよ？」

「お義母《かあ》さん、カーテンは先週洗ったばかりです」

「あらあ。本当に？」

そう言って正隆の母親は、開けてあったカーテンを勢いよく引いて表面を撫《な》でつけてからにおいを嗅《か》いでいた。

そのネチネチした様子には、さあっと鳥肌が立ったものだ。

突然やって来ては森林先生のマンションのあちこちをチェックしていた。

かなりの確率で私と先生の打ち合わせの最中に来ていたので、毎日のように来ているんだということを察した。こんな気まずい場面に出くわすのは嫌だったし、森林先生だって見られたくないだろうと思った。

「先生、打ち合わせはご自宅以外の場所にしませんか？」

正隆の母親が来ていない時に、私がそう提案すると森林先生は困ったような笑みを浮かべた。

「ごめんなさいね。池上さんに気を遣わせてしまって。でもね、私としては、不在の自宅にお義母さんが入るよりも、自宅にいる時にお義母さんを招き入れるほうが気持ちは楽なの」

「え？　それってどういうことですか？」

「お義母さんはこのマンションの合鍵を持っているの」

息子夫婦のマンションに、不在であれば勝手に入室してしまう母親。ぞわっと産毛が逆立った。

「え！　それっておかしくないですか？」

「おかしい？」

「おかしいと思います」

「そう？　でも、お義母さんに合鍵を渡したのは正隆さんだから……」

「返してもらえないんですか？」

「うーん。難しいかもね。私も悪いの。ほら、私は家族というものにあまり縁がなかったから、これが家庭というものの常識なんですと主張されると弱いんだよね」

「でも、それにしたって……」

「いいの。仕事をするなともやめろとも言われていないから。仕事が奪われなければ私は平気だから。それに、お義母さんのこと、むしろ楽しんでいる部分もあるし」

「楽しむ？　過干渉だと思いますけど」

「そうかもしれない……。でも、誰かにここまで関心を向けられたことって、私には今までにあまりなかった経験のような気がするから」

「そんな……」

森林先生の生い立ちについては、インタビューを読んで知っていた。姑の嫌がらせを「関心」という言葉に置き換えてしまう先生の孤独と悲しみを感じて、言葉に詰まってしまった。

それからは、正隆の母親のありとあらゆる奇行を目撃しても沈黙を貫いた。

そうだ。正隆ではなく、正隆の母親が森林先生の最後の目撃者の可能性だってある。私は今になっても、間抜けヅラを浮かべている正隆に顔を向けた。

「正隆さん、正隆さんのお母さまが一番最近に森林先生に会ったのがいつなのか確認していただけませんか？」

「母さんに？　ああ。分かったよ」

正隆がスマートフォンを操作する。私はいても立ってもいられなくて、リビングのローテーブルのそばで右に行ったり左に行ったりを繰り返した。

電話が繋がったようで、森林先生が行方不明で、自殺をほのめかす内容のブログを書いていたことを正隆が母親に説明すると、一瞬の沈黙の後、スピーカーにしていないのに、私にも聞こえるほどの声で母親が怒鳴り散らしはじめたのが漏れ聞こえた。

「麻美さんがいないですって！　困るのよ！　今日麻美さんにお願いしていたんだから！」

「母さん？　何が困るんだ？」

「困るのよ……」

母親はさめざめと泣きはじめ、正隆は動揺していた。

「母さん、なんで泣いてるんだ？　麻美に何をお願いしていたんだ？」

またしても、沈黙だった。

「母さん！」

「お金よ！」

「は？　金？　なんで母さんが麻美に無心する必要があるんだ？　父さんの退職金だって保険金だ

ってあるんだろう？」

正隆が問い詰めると、正隆の母親はごにょごにょと小さな声で言ったので私にはよく聞こえなかった。

「なんだってそんなことを？」

「仕方ないじゃない。正隆、あなたは退職金だの保険金だのって言うけど、そんなもの無限にあるわけじゃないのよ。あなたが就職したばかりのころにずいぶんお小遣いをあげたでしょう？　他でもない我が子のためだと思ってお母さん、あなたには惜しまなかったのに、そんな言い方しないでちょうだい」

正隆の母親は過干渉だけでなく金の無心までしていたのか、と私は呆れた。そして、森林先生の安否よりもお金のことしか頭にないのかと軽蔑した。

もしかして、森林先生が闘病もせずに自殺を選ぼうとしたのはこの母親も原因なのではないだろうか。

吐き気のように怒りがこみ上げてくる。

「正隆さん、今はとにかくお母さまに、森林先生を最後に見たのはいつかを尋ねてください」

「ああ。分かった」

お金のことしか頭にない母親をなだめて、正隆はどうにか聞き出してくれた。

「一週間前に電話をしたのが最後らしい。最後に会った日は思い出せないみたいだ」

「一週間？　そんなに前ですか？　電話だけですか？　私が森林先生の担当になったばかりのころ、

お母さま、毎日のようにいらしてましたよね?」

「え? そうなのか?」

何か違和感がある、とは思ったけれど、その正体はつかめず、私は自分が思ったままを話し続けた。

「打ち合わせの時に必ずといっていいほど、お母さまをお見かけしたもので」

自分で言ってみたものの、よく思い返せば、この半年、いや、もっとかもしれないけれど、私は正隆の母親と鉢合わせしていないことに今になって気づいた。

「ああ。そうなのか」

夫の正隆がその母親や私よりも森林先生のことを知らないのではないだろうかと思わずにはいられない返事だった。

それにしても、森林先生はどこに行ってしまったのだろう?

これ以上の心当たりは私には見つけられないかもしれないな、と思った瞬間だった。

私のスマートフォンのメールの通知音が鳴った。画面を見てハッとする。

「正隆さん! 森林先生のブログが更新されました」

メールは森林先生のブログが更新された時に送られるものだった。

「どういうことだ?」

「とにかく、読んでみます」

私は森林先生のブログを開いた。

――森林麻美のオフィシャルブログ――

脳内ストリップ

※このブログは公開日時を設定しております。ブログが更新されたから、私が生きていると思い、安心された方がいらっしゃったら申し訳ないのですが、私が死んでいるという事実は動かせません。

メッセージを残しておきたい方が数名おりますので、この場を借りたいと思います。

少し長くなりそうなので、この方は読むのが大変だと思いますから、ここからは動画でお届けしますね。

↓

↓

↓

↓

矢印の下の画面には、もう既に再生済みのカウンターが200件は超えている動画が埋められていた。麻美のブログの読者が再生した痕跡に他ならなかった。

正隆と沙織は顔を見合わせてから、頷《うなず》き合うと、沙織がゆっくり再生ボタンを押した。

画面の中で椅子に座っていた麻美はゆっくりとお辞儀をして、読者にことの経緯を謝ってから、こう言った。

「書いているうちに短編一本分くらいになってしまいました。目が疲れて新聞も読まないくらいだから、私の小説も読んだことがないとおっしゃっていたので、お義母さんには動画でお伝えしようと思います」

にっこり笑うその笑顔に、正隆は寒くなった。

動画の中の麻美は、手紙を読みはじめた。宛名は正隆の母親だった。

お義母さんへ

お義母さんには大変お世話になりました。お義母さんと最初にお会いした時のことは今もはっきりと思い出せます。お義母さんは不機嫌を少しも隠そうとしませんでした。なんて正直な人だろうと思いましたし、明確な敵意は私には助かりました。本当に怖いのは笑顔の裏側で何を考えているか分からない人間なので。ああ、お義母さんは私のことをそう言っていましたね。

「麻美さん、いつもそんなにへらへら笑って頷くばかりだけど、私の話、ちゃんと聞いているの？」

いつも、ちゃんと聞いていました。私は家族に縁がない人生を歩んできたので「母親」というものが、どういうものなのか理解したいという好奇心でいっぱいでした。

お義母さんは私に主婦業を徹底的に叩きこんでくださいましたね？

「あなたには常識がないから！」

と言われました。お義母さんは「常識」という言葉がとてもお好きでしたね。でも、私はそう繰り返される度に「常識」というものがどんどん分からなくなっていきました。

お義母さんの言う「常識」は時と場合によっては、ぐらぐら揺らぐものだったから。おもに正隆さんの言葉で揺らぎましたし、私がくだらないと思っているテレビの情報番組なんかでも揺らぎました。

でも、一番困ったのはお義母さんが孫が欲しいと言い続けることでした。どうしてでしょうね？「孫が欲しい」という欲望の前では、普段上品ぶったお義母さんの口からとんでもなく下品でデリカシーのない言葉が飛び出すんですから。

「麻美さん、お仕事も大変結構なのだけれど、時間は有限ですよ」

これはまだ優しいほうでした。

「私も正隆を産んでから三島家の一員になれた気がしたものですよ」

私は一度も三島家の一員になりたいと思ったことはありませんでした。

「まさか、セックスレスじゃないでしょうね？　あなたが仕事ばかりするから、正隆がその気になれないんじゃないの？」

セックスレスだとして、それがお義母さんとどう関係があるのでしょうか。正隆さんがその気になれないのだとしたら、その責任は正隆さんにあって私にはないと思っていました。それに、実際セックスレスだったとしても、お義母さんに相談するはずがありません。

私は薄々気づいていました。お義母さんの振りかざす「常識」とか「世間の目」だとかはお義母さんの感情次第でいくらでも変わる、お義母さんにとって都合のいいものにすぎないのだと。

それでも、私はお義母さんとうまくやっていきたかったのです。

だってお義母さんみたいな人、なかなかいませんから。私の好奇心はくすぐられました。それにしても、どうしてお義母さんは一度も聞いてくれなかったのでしょうか?

「麻美さんは子どもが欲しくないの?」

こう聞いてくれたなら、私は率直に答えたでしょう。

「子どもは私の人生の計画にはひとりも入っていません。欲しくないので、ピルを飲んでいます」

正直に言うとお義母さんが孫、孫と言う度に、この人は孫が関連すれば、どんな酷《ひど》いことでも言えてしまうのだなあと思うと、おかしくてたまりませんでした。

お義母さんの望みが叶う日は決して来ないからです。正隆さんが私と離婚をして、再婚しない限りは無理でしょう。

そして、お義母さんは正隆さんが私と離婚したいとは思ってもいないことに薄々気づいていましたよね?

結婚する前もしてからも、ずっと正隆さんに収入がないことを、本当はご存じだったのでしょう?

お義母さんの孫攻撃は結婚記念日を重ねるごとに酷くなっていきました。私はそろそろ自分の人生計画について暴露するべきか悩みました。でも、できることならお義母さんを傷つけたくはありません。なので、よくよく考えてみることにしました。どうしてお義母さんは孫が欲しいのか、を突き詰めてみることにしたのです。

それにはまずお義母さんの日常を想像するのが不可欠だと思いました。私と正隆さんが結婚して間もなくお義父《とう》さんは肝臓ガンで亡くなっていました。

失礼かもしれませんが、おふたりはお世辞にも仲のいい夫婦とは言えませんでした。一見するとそうは見えないのがなかなかに厄介でしたが、正隆さんが教えてくれましたから。

正隆さんが中高生のころが、おふたりの関係は一番険悪だったとか。

そんな関係の夫が亡くなったとしたら、ストレスから解放され、気軽な独り身気分を味わってもいいのではと思いましたが、お義母さんの私に対する過干渉が酷くなったのはお義父さんが亡くなってからだったので、私の予想は大きく外れてしまいました。

ストレスから解放されたのでなければ、もしかしたら、お義母さんはお義父さんに対するなんらかの感情が、生きるための強いエネルギーになっていたのかもしれないと思いました。その抜けたエネルギーを私に立ち向かうことで補充していたのではないかなと思ったのです。

まあ、本当のことは分かりませんが、平たく言うとお義母さんはお義父さんが亡くなって暇になったのだと思います。暇で、暇で、死ぬほど退屈だったから、孫が欲しいという感情を私にぶつけ続けたのだと思います。

けれど、満たされない何かを孫で埋めるのはあまりにも危険だと私は思いました。犬や猫ではないのです。生きている人間の存在で何かを埋めようとするのは、常識のない私にでさえまずいのではないかなあという想像力は働きます。

それに私は子どもを産む気がありません。残念なことに正隆さんはひとりっ子です。私が産まない選択をしている以上、お義母さんがその手に孫を抱く日は決して来ることがないのです。

そう考えてみると、私にも少しだけお義母さんに対する罪悪感が湧きました。だったら、お義母さんに孫に代わる何かを差し出してあげるのが私にできることだと思ったのです。

お義母さんは孤独なのだと思いました。さらに暇で、退屈しているのです。

お義母さんの孤独を取り払い、暇と退屈を解消させる方法を私は思いついてしまいました。

それまでも、推し活などで埋められたらいいのにと思って、観劇やコンサートなどにお誘いしましたが、お義母さんの食指は一切動きませんでした。

お義母さんに何かのめり込めるものを提供してあげたい。心からそう思っていたところ、私のマンションに大学時代の知人が現れたのです。

急に連絡をしてきた昔の知人。

普通だったら警戒しますよね。

だいたい可能性として考えられるのは、生命保険や投資の勧誘。まあその程度なら序の口、ちょっと酷くなれば、マルチ商法。もっと酷くなればカルト宗教でしょうか。

この日、現れた私の知人は化粧品のネットワークビジネスに私を勧誘しました。

もちろん、丁重にお断りしましたが、その時ひらめいたんです。

お義母さんの知人の中にも、手当たり次第に急に連絡をする人がいるのではないか？

そう思って、私はお義母さんのことを調査会社に依頼して調べてもらいました。

そして、お義母さんの人生の中で一度くらいは登場したことのありそうな人の中に数人の該当人物を見つけ出しました。

調査会社の調査員は最初不審がっていましたけど、

「姑が急に資産を売却したんです。どうも、よくない人が姑の家に出入りしているようで……。そこにお金が流れている可能性があるのではないかと思うんですけど、心当たりがないものですから」

と私が言うと、「なるほど」と納得して、前のめりで調べてくれました。

私は該当人物の中から第三候補まで絞りました。お義母さんがどういう話で、どういう人に飛びつくのか分かりませんでしたから、ひとりだけではこころもとないなと思ったのです。

ひとりは男性で、ふたりは女性でした。

誰にするのか最後の最後まで迷いましたが、思い切ってひとりしかいない男性にしてみることにしました。無口で実直なお義父さんとは正反対のタイプだったからです。

まあ、ひとり目がだめなら、ふたり目三人目にすればいいと思いました。

私はその方のところに「同窓会名簿作成のお知らせ」という内容のはがきをお義母さんの名前と住所で携帯電話の番号も添えてお送りしました。

きっとその方が喉から手が出るほど欲しいものだということが想像に難くなかったからです。

もちろん、同窓会の名簿作成など、お義母さんがするはずもないことですから、話がかみ合わなくなることは分かっていました。でも、そんなことはどうとでもなると思いました。要するに適当なきっかけさえあれば、お義母さんのもとにその男はやって来る。そうすればその男がどうにかするはずで、それにお義母さんの食指が動くかどうかはお義母さん次第だと思いました。

男の名前は橋本良介《はしもとりょうすけ》といいました。お義母さんの中学校の同級生でした。

彼はなかなかのやり手のようで、マルチ商法を立ち上げては潰し、立ち上げては潰しと繰り返しているようでした。組織が飽和状態になるとあっさりと他の人間に任せて飛んで、また新しい組織を作り責任の所在をうやむやにしてしまう。実にずる賢い男です。

橋本良介というのが元の名前ですが、婿養子に入ったり結婚したり離婚したり、養子に入ったりと戸籍の履歴はぐちゃぐちゃでした。こんなことができているというのも、なかなか見所があるなあと思いました。

彼の実際の名前は現在また変わっているかもしれませんが、まあ、きっと中学校の同級生ですから、お義母さんの前では橋本良介と名乗ったことでしょう。

私が橋本良介にはがきを送ってからどれくらいだったでしょうか？　一週間もしないうちに、大きな変化がありました。

お義母さんが私たち夫婦のマンションにゲリラ訪問することがなくなったのです。

あまりにも顕著に効果が出たように思えたので、橋本良介が現れたからではなく、お義母さんが突然死したのかもしれないと思った私は、その不気味さに思わずお義母さんに電話をかけました。

「あらあ、麻美さん、どうしたの？」

電話の向こうのお義母さんの声色でとてもご機嫌なことがうかがえました。何かに高揚しているようにも思えました。

「お義母さん、体調はいかがですか？　ここ数日、顔を見ていなかったので心配で」

「あらあ、そう？　ちょっと忙しかったから」

「どこかにご旅行でも行かれてたんですか？」

「旅行？　いいえ」

「でも、うちに来られなかったので、何かあったんじゃないかと心配していたんですよ」

「あらあ、嫌だわ、麻美さん、勝手に殺さないでちょうだい」

電話を切ってから私は深々とため息をついたのを覚えています。

橋本良介は私が想像していた以上の働きをしてくれたのだなあと感心したのでした。

お義母さんのゲリラ訪問がなくなって、私はかなり原稿に集中することができました。ゲリラ訪問がなくなったので、当然、孫の話をされることもなくなりました。

私は解放された気持ちでいっぱいでした。想像していたよりもずっと、お義母さんは私のストレスになっていたのだと、その時初めて気がつきました。

それから、一ヶ月ほどたったころでしょうか？　私が橋本良介にはがきを送ったのが十二月、年が明けて一月になっていました。

お義母さんからゲリラ訪問ではなく電話がありました。

ずいぶん礼儀正しくなったものだなあと不気味に思いました。

「お義母さん、お久しぶりです。どうされてましたか？」

「私は元気です。あの、あのね、麻美さん、少しお願いしたいことがあるの。正隆には内緒にして欲しいんだけど」

正隆さんに内緒で、と言われた時、私の右側の口角が自然に上がりました。きっと誰かがその時の私を見ていたなら、私にとてもいいことがあったのだろうと思われたことでしょう。

電話ですませてくれても良かったのに、お義母さんは私に会って話がしたいと言いました。話は外でしたいということだったので、自宅の近くにある、一度も入ったことのないカフェを選びました。

待ち合わせの時間の十分前にカフェに入ると、お義母さんはもう奥の席に座っていました。以前のお義母さんより、少し化粧が濃くなっていました。いい傾向だと思いました。

「麻美さん、こっちよ！」

お義母さんは私に手を振りました。

「正隆は今日どうしているの？」

正直に言ってしまえば、私は正隆さんが毎日どこで何をしているか知りません。でも、お義母さんだって本当はどうだっていいはずなので適当に答えました。

「麻美の執筆の邪魔になるといけないから。僕も題材を探したいしね」

と私に言い残し、毎日どこかに出かけているのが正隆さんの日常でした。学生時代、創作サークルで出会ったころから正隆さんがいつ執筆しているのか分からないという謎がありました。

まあ、私だってどこでも小説を書くことができます。パソコンがなくても、手書きでもスマートフォンでも書けますから、私が執筆している正隆さんの姿を見たことがなくても何も不自然なことはないのです。

「取材に行くと言っていたので、夕方までは帰ってこないと思います」

私がそう言うとお義母さんはとても安心したようでした。

コーヒーが運ばれてきてから、しばらくの間沈黙が漂いました。よく考えてみれば、現在の私とお義母さんの会話のほとんどは、お義母さんからの一方的な家事の指導と、孫はまだか、という内容なので、それが取り除かれた会話というのは最後がいつだったのか思い出せないくらい久しぶりのことでした。

私よりも困っているのはお義母さんでした。お義母さんは本当に言いたいことを突然言い出すのは気まずいようで、何かアイドリングトークをしたいようなのですが、これまで私に気を遣ったことのないお義母さんは、何を話していいのか分からないようでした。

私はにっこり微笑みました。

「内緒話って、なんだかわくわくしていたんです。お義母さん、正隆さんに内緒のお話ってなんでしょう?」

お義母さんは握りしめていたおしぼりを、たたみ直しました。そのもじもじとした様子に私はとても満足していました。お義母さんが初めて私に見せた態度だったからです。

「あのね、少し、用立ててもらえないかと思って」

「……お金ですか？」

「ええ。そうよ」

「お義母さん、何かトラブルに巻き込まれているんですか？」

「そんなことじゃあないの。ちょっとした投資をしているんだけど、もう少し上乗せしたいの。じゃないと今までがんばってきたのが無駄になってしまうから」

ここですんなり出すのは、逆に疑われてしまうと思いました。そこまでお義母さんは甘いキャラクターではないと考えていたのです。

「ちょっとした投資って、具体的にはどんなものですか？　最近、詐欺とか、違法すれすれのそういった話もよく聞きますけど、お義母さん、その投資って本当に大丈夫なんですか？」

お義母さんの顔が額まで真っ赤になりました。

「私が騙されてるって言いたいの！」

周囲の空気が凍りつくくらいの大声でした。カフェの店員の動作が止まってしまったことで、お義母さんは我に返りました。

「騙されているって言ったわけじゃありません。お義母さんのことが心配なんですよ」

「心配しなくても大丈夫よ。ちゃんと返すからちょっと用立ててくれないかしら」

私はお義母さんから視線を外して、上を見たり下を見たりして考えるふりをしました。

私の動作をお義母さんが目で追っているということになぜか快感を覚えました。

「分かりました。おいくら必要ですか？」

私がそう言うとお義母さんの目はらんらんと輝きました。まるで獲物を狙う鷹の目のようでした。

「百万円」

きりのいい数字を無心される時は、本当は用心したほうがいいのです。数字が具体的でないということは、無心する本人が現状を把握できていないということです。どんぶり勘定が透けて見えるのです。

お義母さんは目の前のお金のことしか考えられなくなっている。そして、私に無心をするハードルを今お義母さんは飛び越えようとしています。このハードルは困ったことに一度飛び越えてしまえば、きっとどんどん低くなる。

私は最終的に、お義母さんに全部でいくら巻き上げられるのだろう？

困ったことになっているのに、自分で仕掛けたことであるが故に、興奮に似た高揚感に包まれました。

「分かりました。お義母さんの口座に振り込みますね」

「今から一緒に銀行へ行けないかしら？」

そんなに切羽詰まっているのか、と思うとゾクゾクしました。お義母さんは私がお金がないと言って断ったらどうしたのでしょう？　もっと面白いものが見られたかもしれません。ちょっと惜しいことをしたような気持ちになりましたが、きっとまだまだこれからもチャンスはあるとも思いました。

でも、私は自分の病気のこともありましたし、お義母さんが私からお金を引き出すためにありとあらゆる手段と時間を使って、私を説得するという演目を見ることよりも、すんなりお金を出してお義母さんの存在を自分から遠ざけておくことのほうが重要だったのです。これ以後も、お義母さんから無心のメールをもらう度にネットバンキングでお義母さんの口座に振り込みましたから、あれからお義母さんには会っていません。

お義母さんがお元気なことはメールが来ることで分かっていましたから、色んな無駄が省けて、私は自分の時間を沢山持つことができました。

お義母さんには全部で三千万……。お義母さんの言葉で言うと用立てました。

お義母さんがこの動画をご覧になる時、おそらく孫のことはひとつも考えていないと思います。

お金。

お金のことで頭がいっぱいだと思います。

良かったです。今まで私が用立てたお金のことは気になさらないでください。もしも、お義母さんのご希望に私がこたえて子どもを三人産んでいたとしたら、それくらいのお金はきっとかかっていたはずですから。

ただ、お義母さんがすべてを注ぎ込んだ「投資」から今すぐ手をひけるかどうかは分かりません。

橋本良介とお義母さんの関係までは私には分からないからです。

ただ、お義母さんには本当に申し訳ないなあと思っています。あれほど正隆さんには内緒にしていて欲しいとおっしゃっていたのに、私に無心していたことをこのような形で正隆さんに知られることになってしまったんですから。

でも、これで、正隆さんに心置きなく無心できるのではないでしょうか？　ただ一点、心配なことがあります。私が死んだ今、正隆さんに動かせるお金がほとんどないことです。

私の死体はなかなか見つからないと思います。そうなると、私は行方不明扱いなので、現在私の名義になっているものはひょっとしたら動かしにくくなってしまうかもしれません。

こうなってしまってはお義母さんにできることは二択だと思います。

橋本良介ときっぱり縁を切ること。

私の死体を探すこと。

どちらを選ぶかはお義母さんの自由ですが、私はお義母さんが私の死体を探すことを選ぶのを期待しています。

お義母さん、ぜひ私の死体を探してください。

どうか私の死体を探してください。

三島正隆【二】

「麻美が本当にこんなことを？　こんな母さんを陥《おとしい》れるような……」

僕は更新されたブログの動画を見て思わずそうつぶやいた。そして、ゆっくり沙織のほうを振り返ると、彼女も衝撃を受けているようだった。

「分かりません。大変です、公開から、まだたったの三十分なのに、ものすごい勢いでコメントがついてます。間違いなく炎上します」

沙織がそう言ってからすぐに沙織のスマートフォンが鳴った。

「はい。池上です」

沙織はその電話を手短に切って、ため息をついた。

「編集長からです。編集部にも問い合わせと苦情の電話が増えているみたいです。これ以上の混乱は避けたいとのことでした。正隆さん、ここにはデスクトップがありましたよね？　だめもとでそれを確認したいんですが許可していただけますか」

「もちろん構わないと言いたいところなんだが……。僕にはパスワードが分からないんだ」

「大丈夫です。私が分かります」

「え？　知っているのかい？　麻美がそれほど池上さんを信頼していたとは知らなかったな」

僕がそう言うと沙織は明らかに不機嫌に眉を寄せた。

「教えていただいたんじゃありません。悪気はなかったんですけど見て覚えてしまったんです」

「そうか」

「デスクトップは地下室ですよね？　確認しても？」

「ああ、構わないよ」

僕はグラスを片手に沙織を地下室の麻美の仕事部屋に案内した。地下室の二部屋あるうちのひとつが麻美の仕事部屋だ。

沙織はいてもたってもいられない様子で飛びつくようにパソコンの前に座り、電源を入れた。さっと明るくなったモニターがパスワードを求めると、沙織は流れるような素早い手つきで入力したので、パスワードがなんなのか僕にはさっぱり分からなかった。

「池上さん、後で……」

「メモしてお渡しします」

「ありがとう」

沙織は麻美のブログを開いて、自動ログインできるかどうかを試そうとしたが、ログアウトされていた。ログイン画面を開き、沙織なりに予想していたＩＤとＰＣと同じパスワードを入れたが、はじかれた。

「だめですね。ＩＤはメールアドレスだと思ったんですが、私が知っているメールアドレスとＰＣのパスワードではログインできません」

「ＩＤがメールアドレスなら、パスワードの再設定ができるんじゃないかな？」

「そう思って、私が知っているメールアドレスで再設定してみようとしたんですが、どこにもメールが届かないんです。もしかしたらＩＤはメールアドレスではないのかもしれません。パスワードも、ひょっとしたら、ＰＣのパスワードとは違うのかもしれませんし……」

「強制的に閉じてもらうことはできないんだろうか？」

「できません。このブログは森林先生の個人のホームページで、特に運営会社があるわけではないんです。ＩＤとパスワード、正隆さんには何か心当たりはないですか？」

メールアドレス以外のＩＤなんて僕には見当もつかない。麻美がパスワードに考えそうな数字は誕生日くらいしか思いつかないが、まさかそんなに単純なものとも思えないので首を振った。

「そうですか。困りましたね。ネットバンキングのＩＤとパスワードの管理をどうされていたかご存じではないですか？」

「ネットバンキング？」

「正隆さんのお母さま宛のさっきの動画で、森林先生がネットバンキングで振り込みとおっしゃっていたので、もしかしたらそのＩＤとパスワードがブログのＩＤとパスワードと同じだったり、似ていたりする可能性があるかもしれないと思ったんですが……」

そういえばお金が動かしにくくなるかもしれないなんて言っていた。僕は麻美と結婚してから、お金のことなんて気にしたことがなかった。全部麻美に任せて、自分で何かを買うのも何かをするのも、どこへ行くのもクレジットカード一枚ですんでいた。

麻美がいなくなった今、僕が持っているこのカードはいつまで使えるんだろう？　お金のことを気にしていなかったことを今初めて後悔した。

「ネットバンキングを使っていることも知らなかったんだ。ＩＤとパスワードの管理がどうなっているのかは僕には分からない」

沙織は深々とため息をついた。明らかに呆れた顔をしている。

「分からないんだったら仕方ありません。ああ、もうネットニュースに上がっています」

沙織はイライラしながらウェブページをスクロールした。麻美が最近使っている著者近影ではなく、デビュー当時の写真が掲載された記事が目に飛び込んだ。

高い頬骨と癖の強い天然パーマの黒髪は今と変わらないけれど、どこか瞳の奥が怯えている十二年前の麻美だ。

このころはまだ可愛いところもあったと思う。僕の言うことを真剣に聞いてくれるところなんかは本当に可愛かったのだが、いつの間にか麻美は「大作家先生」になってしまった。そのことが寂しかった。

「正隆さん、今のうちに森林先生の名義で、動かせるお金は動かしておいたほうがいいかもしれませんよ？」

「え？　どうしてだい？」

沙織はまた深々とため息をついた。この子も最近変わってしまった。前はもっとけなげで可愛らしかったのに最近はどこかふてぶてしさすら感じる。

「先生がこのまま行方不明になってしまった場合、そんなことは考えたくもありませんが、死亡された場合よりもっと厄介なことになります」

「行方不明が、死亡より厄介ってどういうことだい？」

「死亡の場合は相続さえすめば資産は動かせますけど、行方不明の場合は本人から正式に委任されていない限り資産は動かせないと思います。それに、税金や保険料も通常通りかかるはずです」

「そんな……」

「特に、森林先生の所得税や、市民税はけっこうな額だと思うのできちんとしておかないと差し押さえという可能性だってあると思います」

「そんな……」

血の気が失《う》せた。お金があるはずなのにお金がない。どこかで麻美が僕をせせら笑っているように思えた。

「たとえば行方不明の場合、離婚も簡単にはできないと思います」

「そんな。僕は麻美と離婚するつもりだったのに……」

「どうしてですか？」

「だって、君は僕の子どもを妊娠しているんだろう？　だから、近々麻美と話し合うつもりだったんだ」

とても大切なことだから離婚の話は慎重に進めたいと思っていた。僕は子どもが欲しいと思ったことは一度もないけれど、沙織に子どもができたのなら責任は取らないといけないと思っていた。

僕が真剣に話しているのに沙織はぷっと吹き出した。

「ああ、あれ、嘘です」

「え?」

「妊娠なんかしてません」

「え! 本当に?」

「はい」

「どうしてそんな嘘をついたんだ! 酷いじゃないか。僕は真剣に悩んでいたんだぞ」

沙織の目には嘘をついてしまったという罪悪感や反省の色は少しも浮かんでいなかった。

「もう、いいかげん、こういう関係はやめたいと思っていたんです。それで、面倒なことを言ってしまえば、正隆さんはフェードアウトしてくださるんじゃないかなあと思ったんです」

「そんな……。僕は君との未来を真剣に考えていたんだ。だから、作品作りだって頑張ったんだ。君だって応援してくれただろう?」

「未来ですか……。すみません。申し訳ないんですけど、私の未来に正隆さんはいません」

「どうして?」

沙織はふてぶてしく鼻で笑った。

「どうしてって、本当に分からないんですか? 私は正隆さんに最初から恋愛感情なんてなかったんです。最初にセックスした日のこと、覚えてます?」

「覚えてるさ、一緒に銀座のダイニングバーで食事しただろう?」

「そういうところですよ」

「は？」

「妻の新人の担当編集者が逆らえないのをいいことに、夜に食事に誘うなんて。本当にどうかしてますよ」

「逆らえない？　そんなことはないだろう？　それに君だって……」

「ええ。あの時の私もどうかしていたんです。断ろうと思えば断れました。断らなかったのは確かに私です。弱い気持ちもずるい気持ちも確かにありました。でも、だからって、ずっとどうかしたままでいられるはずもないんです」

沙織はまるで僕が彼女をむりやり手籠《てご》めにでもしたかのような言い草だった。

被害妄想も甚《はなは》だしい。確かにあの日、部屋を取っていたのは性急かもしれないとは思ったけれど、それは単に大人の男としての備えにすぎない。簡単についてきたのは他でもない沙織だった。

僕は彼女のことがよく分からなくなった。

「君は正気だったら僕と付き合っていなかったって言いたいのか？」

「正気かどうかというより、森林先生が亡くなってしまった今、もう、とにかく正隆さんとの関係は誰にも知られたくありません」

「ちょっと！　池上さん、麻美はまだ死んだと決まったわけじゃないだろう？」

僕がそう言うと、沙織は「わっ」と声をあげて泣きはじめた。

「正隆さん。森林先生の動画、ちゃんと見てましたか？　あれがどういうことだか分からないんですか？」

「ちゃんと一緒に見てただろ？　麻美はこともあろうに母さんをマルチ商法か何かにハマるように仕向けて、自分で三千万も母さんに貢いだんだ。何がしたいのか分からない」

沙織はまだ泣いていた。かなり興奮した状態であえぎながらこう言った。

「大事なことがなんにも分かってないじゃないですか。義理の母親を自分で罠にはめたことを告白することが、小説家である森林先生にとってどういうことか分かってないじゃないですか。先生はご自身の職業倫理を犯したことを告白したんです」

「職業倫理？　麻美にそんなごたいそうなものがあったかどうかなんて、分かったもんじゃない。あいつがこの別荘の地下室でどんなことをしていたか知っているのか？」

「鹿の解体をしたことがあることくらいは知ってます。死体の解体の描写の参考にしたとご本人がインタビューでお話しされていました。ファンの間では伝説になっています」

「僕はその場にいたんだ！　斧《おの》を振り回す麻美は狂っているんじゃないかと思ったよ」

「ちょっと眉をひそめたくなるようなことであっても、作品に必要だと思われた経験を積むことと、今度のことはまったく違います。森林先生は作品で使うべき手段や事情やトリックを実際に正隆さんのお母さまに使ったんです。それは読者に対する裏切りです」

「どういうことだ？」

「死ぬから、これ以上作品を残すこともできない。だから本当にやったことを書いた。先生がやったことと、正隆さんのお母さまがしたことを天秤にかけても、批判や非難、中傷の対象になります。

へたをすれば不買運動だって起きるかもしれません。でも……」

「不買運動が起きたとしても、麻美が死んでいたとしたら、麻美には関係ないってことか。死人に口なしならぬ耳なしってとこだな」

「あの動画を見て、私は森林先生は本当に亡くなったんだと確信しました。小説家が作品を世に出せない状況を自分で作るなんて、ましてや森林先生がそんなことをするなんて、どう考えてもありえません。ありえないことが起きたということは、先生はもう……」

沙織はまた泣きはじめた。

そうだろうか？　そういうものだろうか？　僕は麻美だったら、人を驚かすためだったらなんだってやったんじゃないかとさえ思う。この別荘の地下にある麻美の仕事部屋の隣の部屋は、麻美の実験室でもあった。血まみれになりながら、鹿を解体し、斧で鹿の頭の骨を割っていたあの姿は、どんなに忘れたくても忘れられない。

見るんじゃなかったと今でも後悔している。

それだけじゃあ、飽き足らず、知人のつてを使って、人体の解剖や検死の見学にも行っていた。本当に必要なことだったのか、本人の好奇心を満たすためだったのかは今も疑問が残る。

3Dプリンターでどこまで何が作れるかを実験しはじめた時の不穏さも忘れてはいない。モデルガンを作って、それに見入っていた麻美の目の中にあった危うさを沙織は見ていないのだ。

沙織は泣きながらも、パソコンのファイルを確認していた。近くにあるUSBメモリも片っ端から差し込み、まるで我がもの顔で麻美のパソコンを扱っていた。まるで麻美のすべてを探り出そうとしているかのようだった。

「あ！　ありました！」

「パスワードが見つかったのか？」

「違います。ブログに書いてあった新作の原稿です」

「本当に？　過去の作品じゃないのか？　本当に麻美の作品なのか？」

僕がそう言うと、沙織はギロリと僕を睨んだ。

「私は森林先生の作品を全部読んでます。もう文章を見ただけで分かります。森林先生は表記がほとんど揺れないので、いくつかの言葉を見れば森林先生の作品だと私には分かるんです。それに私は森林先生の作品はエッセイの一本に至るまで、タイトルをすべて覚えています。これは初めて拝見するタイトルです」

鼻息荒く、自信満々な沙織に僕はイライラした。

「池上さん、さっき言っていたことと矛盾するじゃないか。君がそれを見つけたということは、麻美は本当に新作小説を残していた。小説家の職業倫理に反して読者を裏切っていたから、読まれなくなる覚悟の末、麻美は自殺したかもしれないと君は言っていた。なのに読まれないものを残す、ということはありえないんじゃないかな？」

沙織は図星だったのか顔をサッと赤らめた。

「分かりません」

「そうだろう」

「でも、これを読めば分かるかもしれません。少なくとも私は森林先生が何をお考えになったのか知りたいと思います」

「その言い方。まるで僕が麻美のことを知ろうとしてないみたいじゃないか」

「違うんですか？　私にはそう見えましたけど。森林先生が主役の授賞式に正隆さんがいると私はざわざわしましたよ」

「ざわざわってどういうことだ？」

「正隆さんは毎回不穏な空気を漂わせているように見えましたよ。森林先生が賞を受賞されるのを喜んだこと、一度もないんじゃないかなあって、私が疑ってしまうのは、考えすぎでしょうか？」

頭にカッと血が上った。喜ばなかったわけじゃない。ただ、麻美が成功をつかむたびに、焦りが背中を這《は》い上ってくるような感覚に陥った。いつか、絶対素晴らしいものを書く、という決意のハードルがどんどん高く遠ざかっていくような気持ちになった。

麻美のデビュー作は確かにアイディアが面白かったかもしれないが、荒削りで、文章は素人くさかったし、あれが小説と言えるかはギリギリのラインだったと思う。きっとその時の応募作のレベルが低かったのと、ハタチの女子大生だったのが大きかったのだろう。

要するに運が良かった。それだけのことだ。

麻美のデビュー作を最初に読んだのは他でもない僕だ。もうちょっと書き慣れてから新人賞に応募したほうがいいと僕はアドバイスした。僕たちは付き合いはじめたばかりだった。麻美は僕の意見を尊重してくれていた。

それを無視して勝手に新人賞に送ったのは、ふたりで入っていた創作サークルの代表だった。創作サークルに所属しているにもかかわらず、そいつは自分ではひとつも創作をせず、サークルのメンバーの作品を読んでアドバイスをするのを楽しみにしているタイプの人間だった。

安全なところから、人が苦労して作り上げたものにああだこうだ言うだけだなんて、さぞかし気持ちが良かっただろうと思う。読書ブロガーとして注目され、悦に入《い》るような人間だった。けれど、その代表が麻美の原稿を読み、あの作品に合った新人賞の募集要項に従ってあらすじやページ当たりの文字数などの、原稿の体裁を整えて送ったのだから、本人にしたら善意からでしかないと言うだろう。

「勝手に送ってしまって申し訳ないとは思ったけど、このままにしておくのはどうしても、もったいないと思ったんだ。麻美さん、おめでとう。うちのサークルから、初めてプロの小説家が誕生したんだ。こんなに嬉しいことはないよ！」

あの男は麻美を見出《みいだ》したというエピソードをひっさげて、第一希望だった出版社に内定をもらったはずだ。どこの出版社だったかは覚えていないが、今もそこに勤めているのではないだろうか？ごく短い期間、麻美の担当だったこともあるが、いつの間にか担当から外れていた。

僕個人としては人の原稿を勝手に新人賞に応募した、傲慢《ごうまん》でデリカシーのない人間とは関わりたくなかったから、麻美の担当じゃなくなって、ほっと胸を撫でおろしたものだ。

それにあの男は麻美に下心があったように思えて仕方がなかった。どこか陰気な雰囲気で変な女だったけど、麻美は創作サークルの女子の中でも美人だった。

沙織のせいで嫌なことを思い出してしまった。沙織はまだ何かを探している。こういうのも墓場泥棒と言っていいんじゃないのか？

「池上さん、もういいだろう？」

「よくありません。シリーズのプロットが全然見つかりません！」

妊娠していないと言っていたのだから、泣いたり怒ったりイライラしたりはそのせいではないだろう。今日の沙織は感情がジェットコースターみたいだ。麻美のことがよほどショックなのだろう。きっと落ち着いたら僕に謝罪するはずだ。僕との関係も考え直すに違いない。

「森林先生がプロットを作ったのを見かけてないですか？　いつ、作ったのか分かればまだ……」

「僕が麻美の仕事に関わっていないのは君が一番よく知っているんだろう？　僕には分からない。それに麻美がここに来たのは僕が知る限り、一ヶ月以上前だから、その新作の小説が出てきたこと自体が驚きだよ」

沙織の表情は険しくなったが、僕の言ったことは理解できたようだった。

「東京のマンションに森林先生がいつもお使いになっているパソコンはあると思いますか？」

「分からない。帰ったら確認してみるよ」

「今すぐ帰られますよね？」

「明日には帰るよ」

「そんな、悠長な……。今すぐ帰って警察に行方不明者届を出すべきです」

僕はほとんど水になったグラスを傾けた。せっかくの山崎《やまざき》18年が台無しだった。

「これじゃあ、車で帰れないだろう。池上さんが運転してくれるっていうなら別だけど、池上さんはたしか運転はできなかったよね？　違うかな？」

「確かに私は運転免許を持っていません……。でも、私と一緒にバスか特急で帰りませんか？　車はまたこちらに来た時に乗って帰ればいいじゃないですか」

「もし、本当に麻美が行方不明か死んでいるとしたら、ここにはなかなか戻って来られなくなるはずだ。行方不明者届のことは母さんに頼んでみるよ。母さんも麻美のことは心配しているみたいだから」

沙織はなんとしても今日中に東京に帰るよう、僕を説得したかったようだった。でも、僕はそうしたくなかった。だからわざと沙織を怒らせるようなことを言った。

「君が一番心配しているのは麻美じゃなくて麻美が作った人気シリーズのプロットだろう？　万が一僕が見つけたとしても、ちゃんと君に渡すと約束するよ」

「プロットが一番なわけじゃありません！」

「本当にそうかな？」

「そんな風に疑うなんて最低です」

「でも、実際プロットが他の編集者の手に渡ったら君は困るんじゃないの？」

「それは……」

「だいたいその新作の原稿だって持って行っていいなんて、僕がまだ一言も言ってないこと、君は気づいてる？」

「まさか……」

沙織は僕を睨みつけた。なだめすかしたり、ご機嫌取りをしたりするくらいしか、取り柄がない女だということを完全に忘れきっている顔だ。

「冗談だよ。僕と君の仲だろう？　原稿は持って行っていいよ。君の言い分だと、それが出版できるかはかなり怪しいものだけど、君には必要なんだろう？」

「……ありがとうございます」

沙織はいかにもしぶしぶといった態度だったが、僕に頭を下げた。

「読まれますか？」

「その原稿を？　いや、やめとく」

「そうですか」

沙織は、彼女がまるで身体の一部のようにいつも持ち歩いている、キャラメル色の革のブリーフケースからＵＳＢメモリを取り出してデスクトップに読み込ませた。

「新作の原稿だけにしてくれよ？」

「分かっています」

僕は沙織が他のデータを持ち帰らないことを確認してから、デスクトップのパスワードをパソコンデスクの近くにあったメモ用紙に書き込ませた。

僕に今すぐ東京に帰るよう説得するのを諦めた沙織は編集部に一本メールを送ってから、ようやく帰る気になったようだった。地下室を出てリビングのパノラマサッシのほうを見るとかなり日が傾きはじめているのが分かった。今日中に東京に帰りたいのなら、今すぐここから出発したほうがいいだろう。

「東京に帰り次第、ご連絡いただけますか？　森林先生のいつも使っていたノートパソコンが東京の自宅にあるか確認したいので」

玄関まで送ると沙織はそう言った。

「ああ。もし、本当に麻美が覚悟の上で失踪しているのだとしたら、パソコンをどうしているかは予想できないけどね」

「正隆さんは、どうして森林先生と結婚なさったんですか？」

「さあね。ちょうどいいタイミングに一緒にいたからじゃないかな」

「森林先生のことを最初から愛していたわけではないんですね？」

「今、そういうことを話し合いたくないね」

「かわいそう……」

「え？」

「いいえ、なんでもありません」

沙織はようやくいなくなってくれた。

僕は溶けきったグラスの中身をシンクに捨ててから、ウイスキーを今度は氷なしで注いで一気にあおった。喉が焼けるような感覚を味わうと、めまぐるしく動いていた頭がゆるやかになっていき、冷静さが戻ってきた。

僕にはこれからやることが山ほどある。

冷静に考えなければいけないが、まずしなければいけないことは、自分の母親に電話をすることだと気づいて、この冷静さが束の間になる可能性にがっかりした。

僕は三回深呼吸してから、母さんに電話をかけた。

この時の僕は、沙織が持ち帰った原稿がどんな波乱と混乱を巻き起こすかなんて少しも考えていなかった。

白い鳥籠の五羽の鳥たち【一】

春とは名ばかりの冷たい風が私の頬《ほお》を刺す。あまりの冷たさにそっと頬を触ると、いつの間にか頬についていた桜の花びらがひとひら、はらはらと真新しいローファーの上に落ちてゆく。合皮とはいえ革の靴をはくのは、この日が初めてだった。もうすぐ目的地に着くというのに、運動靴とは違うはき心地と地面の感触にはまだ慣れない。私はかがんで花びらを拾い、真新しいグレーの制服のポケットに入れた。桜の思わぬ祝福に励まされる。どこから飛んできたのだろう？　立ち上がり顔を上げると、姫上女学園《ひめがみじょがくえん》高校の校門の内側に一本の桜の木が見えた。桜はその一本だけで、なんとなく、ああだからなのかと思った。校門をくぐると、私は背筋をいっそうしゃんとさせる。受験の時に来ていて初めて見るわけではないけれど、ガラス張りの円柱のような玄関ホールが見えると、私の口の中はカラカラになった。この玄関ホールは県でも著名な建築士が建てたものだという。円柱のホールの奥にL字の屏風《びょうぶ》のように校舎が鎮座し、校舎のシンプルさが玄関ホールに迫力を与えている。とても美しい校舎で私は少し気後れしていた。

姫上女学園高校は今年、創立百周年を迎える歴史の古い学校だ。地域でもその評判はよく、卒業生の活躍も目立つ。私がこの学校を選んだほとんどの理由はそれだった。

私の周りを歩いている同じ色のリボンタイをつけている生徒たちをちらりと見ると、みな両親、あるいは父親、母親のどちらかが付き添っている。制服のリボンタイの色は学年ごとに赤青緑の三色で、今年の新入生の色は青だった。制服の購入日に「赤がよかった」と小さな子どものように拗《す》ねて甘えた声で母親に文句を言っていた生徒はきっと今日も母親と来ているんだろうな、と思うとカラカラだったはずの口の中が苦くなる。

今日はH市のほとんどの高等学校で入学式が行われており、児童養護施設「藤花園《とうかえん》」の先生方の誰かが私に付き添えるはずもない、と頭で分かってはいてもひとりで校門をくぐることの、こころもとなさはどうしようもなかった。

こころもとない。

この言葉を初めて知ったのはいつだったろう？　この言葉が心の奥にぴたりとはまってしまうことが私の人生には何度もあった。そして、これからもきっと何度だってあるのだろう。十五歳で人生などと言うと、大人はみなきっと大げさなことを、と言う。

でも、子どもの世界は大人が想像しているよりもずっと残酷だ。自分があたりまえに持っているカードを持っていない子どもに、子どもというものはどこまでも容赦がない。

養育してくれる両親がいる。

このカードを持っていないせいで私は攻撃されたり、あらぬ疑いをかけられたり、同情された。攻撃と疑いはまだいい。攻撃は避けるか反撃に出ればいい。疑いは疑われないよう注意をはらうか疑いをはらせばいい。このふたつには、どちらも手間はかかっても明確な解決策がある。

けれども同情は一番扱いにくい。

同情はこちらに対して悪意はない。でも、悪意がないが故に私をとてもみじめな気持ちにさせる。私には今まで友人と呼べる人物がいたためしがなかった。それは私が「藤花園の子」というだけでなく、父親に殺されそうになった子どもだったからだ。

物心つく前から私の家は藤花園だった。私が知っていたのは、私の母親が私を産んでからすぐ死んでしまったことと、父親が私を育てることができなかった、ということだけだった。

私が父親に殺されかけたという事実を知ることになったのは小学三年生の帰りの会のことだ。当時の担任教師は若くて熱心で優しい女の人だった。帰りの会で、教師が新聞で読んだ記事の感想を話して聞かせてくれるお決まりの儀式のようなものがあった。正直、低学年の子どもにとっては面白くない話が多く、生徒たちにとっては退屈な時間だったけれど、この日は違っていた。昼下がりのぬるい教室で私は両手の中で小さくあくびをしたところだった。

「今日、みなさんと同じ三年生の男の子が亡くなりました。お父さんに殺されてしまったそうです。本当に悲しいことですね。ねえ、森林さん」

担任教師がそう言った瞬間にクラスメイト全員の頭が一斉に動き、視線が私という点に集中した。みんなの目が見開かれていて、私の眠気は一瞬で吹き飛んだ。担任が何を言いたいのかが分からなかった私は、ぽかんと間抜けな顔をしていたに違いない。私は、私と殺された男の子に共通点があるということを知らなかったのだ。担任はゆっくりと私のほうに近づいて、座っている私の背後から肩に触れてこう続けた。

「今日殺されてしまった三年生も、もっと早くに通報されていたら命は助かったのかもしれません。

現に森林さんのように助かる子どももいるんですから。命は大事です。みなさん、変わったことがあったら、すぐに先生に教えてくださいね」

担任の身体から漂ってくる柔軟剤のにおいに胸がムカムカした。私は担任の手を振り払いたかったけれど、彼女のほうが先に手を放したので、自分で拒絶する暇がなかった。奥歯を嚙みしめて、泣き出したいのを必死にこらえていた。

「父親が私を殺そうとした」という事実をいきなり受け止めるのは小学三年生の私にはとても難しかった。他の生徒たちの「はーい」という元気な声に心が冷えた。私だってそちら側にいたかった。担任は知らなかったのだ。自分が知っているくらいだから、たとえ子どもでも当事者の私が知っているのは当然だと思っていたのだろう。けれども私はそれまでその事実を知らず、この時初めて私は自分が父親に殺されそうになった死にぞこないだということを知った。

その日帰ってから藤花園の先生に尋ねると、先生は私が恐ろしい記憶を思い出してしまったのではと心配してくれた。自分のクラスの担任が言ったとは言い出せず、少し思い出したということにして聞き出した話によると、私が三歳のころ私の父親は三階のベランダから私を落とそうとしたらしい。命拾いをしたのは、同じ集合住宅に住んでいたひとり暮らしの老女がいつも私の泣き声を気にかけていたからだ。どうやら私の父親はそれまでも私に酷い虐待を繰り返しており、私の泣き声は住んでいた集合住宅中に毎晩のように響き渡っていた。老女はこの日も私の泣き声が気になり私がベランダから落とされそうになっているのを見つけて、慌てて私の父親を呼び止め通報したのだそうだ。

私は確かに人の善意で命拾いをしたのかもしれない。担任教師はそのことにとても同情してくれたのだろう。そして、どうしても私が死にぞこないであることが言いたくてたまらなかったのだ。担任の同情の中にはクラスの生徒たちに、私に親切にするよう言い聞かせたかった気持ちが含まれていたのかもしれないけれど、その同情は同級生たちみんなに森林麻美さんは「かわいそうな子」というラベルを貼る作業をさせただけだった。

「かわいそうな子」は親切にしなければならない存在で、友だちになりたいとは思われなかった。私は教室でいつもぽつんとしつつもあからさまに輪から外されることもなかったので怒りも悲しみも抱けなかった。

友だちに関して藤花園ではどうだったかというと、物心つく前からここで育った私のような子どもよりも、家庭に問題が起きて藤花園に来ることになった子どものほうが多く、その子たちは自分自身のことで手一杯だった。藤花園の先生を困らせてみたり他の子どもの持ち物を隠したり壊したりする子どももいた。暴力をふるう子だっていた。もちろん友人関係になっている子たちもいたけれど、そのけんかの激しさも目の前で見てきた。

ひょっとしたら、私から優しさを差し出せていたら違ったのかもしれないとも思うけれど、かといって私に差し出せるような優しさもなかった。

ガラスの円柱のような玄関ホールに近づくと私はガラスに映り込んだ自分の顔を見てぎくりとする。私はまるでこれから戦場にでも向かうかのような険しい顔をしていた。緊張しているからかもしれない。ぎゅっと引き結んでいた自分の唇を少しゆるめてみた。

私が不安に思っていることは、三年間何ごともなく無事に卒業できるかどうかと、高校を卒業したら藤花園を退所しなければならないということ。せめて高卒のカードは手に入れたい。でも高校を卒業したら、いよいよひとりで生きていかなければならなくなるのだ。そのジレンマが私をまた、こころもとない気持ちにさせた。

どこをどう歩いて行けばこのこころもとなさがなくなるのか、私にはさっぱり分からなかった。ひとまず私にできたことは高校を無事に卒業するという目的を誰にも邪魔されないように、藤花園の子がひとりも通ったことのない姫上女学園高校の特待生枠を狙ったことだけだった。姫上女学園高校はこのあたりの学区でも中退する生徒が少ない学校だった。

玄関ホールの隣にある掲示板に貼られたクラス割りの中から自分の名前を探し、並ぶように促されたクラスごとにできている自分のクラスの列を探した。早めに来ていたものの、やはり私と同じように他の新入生も早めに来ているので、既に列は長くなっていた。最後尾に並び前の様子をうかがう。やはりひとりで来ている生徒はいなかった。きょろきょろしないように必死だった。少しでも他の生徒と違う、と思われたくなかった。じっとりと汗ばんだ手をハンカチで拭《ぬぐ》おうとポケットを探ると、さっき拾った桜の花びらがはらりと落ちた。慌てて拾おうと後ろを向くと、私の後ろにいた生徒と目が合った。

「ねえ、もしかして、あなたも？」

「え？」

サラサラと音が聞こえてきそうなほど綺麗な栗色のロングヘアの子が薄く微笑んでこちらを見て

いた。同じ制服のはずなのに、おそらく彼女のほうが手足が長いからだろう、その子のほうがなんだか洗練されている雰囲気を漂わせていた。

「うちも今日、親が来られなかったんだよね。この学校じゃないけど、うちはひとり親で、高校教師だから。ねえ、あなたもそうなんじゃない？」

彼女の背後を見ると本当にひとりのようだった。なるほど、H市の高校の先生は市内の他の高校の入学式には来られないのかもしれない。なにせH市のほとんどの高校の入学式が今日行われているのだから。彼女の勘違いを否定する勇気が持てないまま、私があいまいに微笑むと彼女はにっこりとはっきりした笑顔になった。

「ねえ、この列ってことは同じクラスなんだよね？　私、佐々木絵美《ささきえみ》。よろしく！」

「あ……。森林麻美です」

「ねえ、それって天然？」

「え？　何が？」

「髪だよ、髪！」

私の髪は黒くて堅くて太くて縮《ちぢ》れている。よく切れてしまうからあまり長い状態を保てず、あごより下という中途半端なボブだった。髪は私にとっては大きなコンプレックスだった。

「うん。そうだよ。生まれた時からこうみたい」

「へえ、そうなんだ。可愛いね」

「え？」

私の髪が可愛い？　自分ではそんなことを思いもしなかったから、驚いた私はこの時絵美に気の利いた返事ができなかった。絵美の髪のほうがずっと綺麗だったのに。

列は少しずつ進んでいく。私たちは自分たちの順番になるまでおしゃべりをした。不思議と緊張はゆるんでいった。

「ねえ、森林さん、ケータイ持ってる？」

「あ、まだ持ってないんだけど、もうすぐ買ってもらう予定なんだ」

「そっか。買ったら教えて！」

もうすぐ買ってもらう予定というのは嘘だった。友人のいない私はケータイが欲しいと思ったことが一度もない。でも、絵美に持っているか聞かれた瞬間にケータイが欲しいと思っていた。藤花園の高校生の中には持っている子もいたから、先生に相談すればなんとかなるだろう。

入学式が終わり、藤花園に帰っても絵美が髪を可愛いと言ってくれたことが胸の内できらきらと光っていた。

私が毒殺魔の疑いをかけられた「白い鳥籠事件」が起きたのは入学式から二年後の夏。

平成二十一年七月三十日だった。

池上沙織【二】

正隆は本当に最悪だった。

正直に言うと、森林先生のブログがなかったら、正隆が先生を殺したんじゃないかと疑いたくなるほど、正隆は森林先生に対して、少しも愛情を抱いていない。

けれど、私が知っている限り、正隆が森林先生を殺す動機が見当たらない。先生が死んで一番得をするのが正隆とは言いがたいのだ。

「山中湖の別荘に貯金はぜーんぶ使っちゃったし、がっつりローンも組んだから、仕事頑張らないとね」

一年前、あの別荘が完成した時に森林先生はそう言っていた。この出版不況の時代に、そんなことは危なっかしいからやめて欲しかったけれど、先生は別荘にかなり強いこだわりを持っていた。作品に反映するためだろう。建築士や作業関係者にもほとんど取材のように接していた。

この人はすべてを肥やしにして小説を書くのだなと思ったものだ。

貯金を全部はたいたばかりの森林先生に動かせる現金はそんなにないはずだ。森林先生が死ねば確かにその財産は正隆のものになるだろう。でも、生きている森林先生から、少しずつ搾り取るほうがイージーでリッチに、さらに、面倒なことは一切考えずに生きていられるのだから、正隆ならそちらを取るに違いない。現にこれから困ったことになりそうなのは目に見えている。宿主が死ねば寄生虫も死ぬのだから。正隆が最初から森林先生に愛情を抱いていなかったとしたら、どうして先生は正隆と結婚してしまったのだろう？　大学の創作サークルで知り合ったと森林先生は言っていた。少しそのあたりから調べたほうがいいかもしれない。

私は編集部のデスクで、森林先生のブログのコメント欄をチェックしていた。コメント欄は炎上していた。

最初の病気と自殺をほのめかすブログには千件近くものコメントがミルフィーユのように重なっていた。

――私、絶対先生の死体を探してみせる。

――嫌だ！　森林先生！　死なないで！　僕に死体を探させないで！

――どうせ炎上商法だろ？

――炎上商法なんて森林先生がするわけない！　アンチ消えろ！

――森林麻美の作品は好きだけど、いくらなんでも人騒がせだよ。

――死んだふり乙。

ファンとアンチの応酬に野次馬のコメントはぐるぐると同じところをなぞり続け、その輪がどんどん広がっていくようにコメントは増え続けていた。

都市伝説やミステリー系のユーチューバーがこぞって、ああでもないこうでもないと言っている動画をアップしていて、そちらの拡散も止まらない。

森林先生は、自作やブログの朗読は文章を変えなければフリー。ブログ上の自分の写真や動画は悪質でない程度の加工なら許可なしで使用可と注意書きをしていた。私は注意書きはやめたほうがいいと思っていたけれど、ユーチューバーや朗読アカウント、読書ブロガーなどがバズらせてくれた作品も森林先生には何作かあったので、なんにも言えなくなってしまった。

それが今はこんな風に裏目に出てしまっている。

正隆の母親宛のブログが更新されてからは、もう手がつけられないくらいの炎上ぶりだった。

——身内をマルチに沈めるなんて酷い！

——こんな告解めいた告白は知りたくなかった。

——でも姑もひどすぎる、旦那は何をしてたんだ。

こんな内容が何周も繰り返されて、今も件数が伸び続けていた。

森林先生の動画も様々に加工されて流されていた。早送りや誤解を生みやすい切り抜き動画がどんどん拡散されていた。

こうなることを予想できなかったはずがない。

森林先生はコメントが炎上することを狙っていたとしか思えない。

森林先生のブログはコメント欄に制限をかけていた。コメント数の上限は百件までだった。それは、ブログを開設した時に先生と話し合って決めたことだ。百件にしようと言いだしたのは私だった。

「百件しか書き込めないと思ったら、逆に百件くらい早く埋まるかもしれません」

「なるほどね。いいかもしれない」

そう話し合って決めた。そして、書き込めるアカウントも、本人確認が取れているアカウント限定にした。小説家にとってのホームページやブログは、あくまでも小説を売るための宣伝と小説以外の息抜きにすぎない。ブログで知りたくもない辛辣《しんらつ》な感想や、聞きたくもない見当違いな中傷を受けて、私生活や作品に影響が出てしまっては本末転倒だ。

だからこその上限と限定だったのに、それがすべて外されている。

すると、ひとつの疑惑が浮かび上がる。

「森林先生は、炎上を期待しているということ?」

コメント欄を無制限に変更したのはそういうことと考えるのが妥当だろう。いったい、森林先生はどうしたいのだろう?

「池上!」

私がブログを眺めながらそんなことを考えていると、神永《かみなが》編集長から呼ばれ、デスクに向かった。

編集長は頭痛がするのか、トレードマークの黒縁メガネを外してこめかみを揉《も》んでいる。もう十分良くないことが起きているのに、まだ何かあるのだろうか?

「池上、これは出版できないかもしれない」

印刷された原稿を私に突き出して、編集長はメガネをかけ直してから私にそう言った。

山中湖の別荘から編集部に帰ってすぐに、森林先生の原稿を編集長と共有していた。私は電話対応とメール対応に追われていて、まだ一行も読めていない。

「出版できないって、今はということですよね？　それは私にも分かってます」

「そういうことじゃない。これはフィクションじゃない可能性がある」

「え？　ノンフィクションですか？」

「詳しいことを調べないとまだはっきりしたことは分からないが……。池上、十四年前に起きた『白い鳥籠事件』を覚えてないか？」

「『白い鳥籠事件』……。覚えてます！　当時私は中学生だったので余計に印象に残ってます。女子校の仲良しの生徒五人が集団自殺をした事件ですよね？」

「詳細は覚えているか？」

「夏休みの教室で五人の女子生徒が毒を飲んで死んだ事件だったと思うんですけど」

「集団自殺で生き残った生徒がいたことを覚えてないか？」

「なんとなく。確か生き残ったせいで、集団自殺じゃなくて、その子が全員を殺した疑惑が持ち上がっていませんでしたっけ？」

「そうだ。週刊誌が独自の記事で疑惑を煽《あお》り立てたんだ。特に死亡した生徒の父親のひとりが彼女を殺人犯だと決めつけていたんだ。でも、証拠不十分で罪には問われなかった」

「森林先生はその事件のノンフィクション小説を書かれたということですか？　どうしてでしょう？　あの事件のノンフィクションは事件から数年後に何冊か出ているはずですし、目新しさはひとつもないのに、どうしてこれを最後の題材に選んだんでしょう？」

「俺もまだ一章しか読んでないが、森林先生が白い鳥籠事件を題材に選んだ理由は明確に分かった」

「え？　理由はなんですか？」

「森林先生は……。あの事件で生き残った生徒だったんだ」

「まさか！」

「俺もまさかと思った。でも一章を読む限り、そうとしか思えない。とにかく裏を取りたいから、過去のノンフィクションを書いた作家に問い合わせているところだ」

白い鳥籠事件が世間を騒がせたことは鮮明に覚えている。仲良しの生徒五人が教室で輪になって座ってひとりずつ毒を飲んだ。

多感な中学生だった当時の私はそのニュースが、どこかロマンティックに思えた。一緒に死ぬことができるほどの友情と、若くして死を選択するほどの絶望とはいかほどのものかと彼女たちの気持ちを想像してみたものだ。

あの事件の生き残りが森林先生だった。

そんなことがあるだろうか。

「とにかく私も読みます」

「池上、森林先生のブログをどうにか閉じることはできないのか？」

「色々やってみたんですができません」

「そうか。困ったな」

編集長が頭を抱えはじめた瞬間だった。私のスマートフォンのメールの通知音が鳴った。嫌な予感がして、画面を開くとその予感が的中したことが分かった。

「編集長、大変です」

「なんだ？　どうした？」

「森林先生のブログがまた更新されました」

「なんだって？　内容は？」

「編集長が今読んでいる『白い鳥籠の五羽の鳥たち』の第一章が掲載されています」

編集長は膝が崩れたかのように、椅子からずるずるとずり下がる。

「もうお手上げだな。こうなってくると、俺たちは森林先生の手のひらで踊り続けることしかできないのかもしれない」

「どういうことですか？」

「森林先生が本当に死んでいるとしたら、大した死人だよ。死人に口なしの逆をいっている。死人に口ありだな。死んでいるからこそ、もう何でも言えるってことだ。自分にとってネガティブなことも隠しておきたいことも、誰かの秘密も自分の秘密も、死んでしまったら、そんなことはどうだっていいと森林先生は考えたんじゃないか？　黙って死ぬつもりはないから、こうして時間差でブログが掲載されるように準備をした。一度にすべてを暴露するのじゃあ、話題にならないから、炎上させてから、少しずつ……。まるでページをめくらされているようじゃないか」

「そんな……。そんなことって……」

「俺たちは今、森林麻美の小説の世界に迷い込んでいるのかもしれないな……。登場人物のひとりにされているのかもしれない」

編集長は大きくため息をついた。

「売れるかどうかさえ気にせずに世間を騒がせることだけに集中して、自分の死をかけて書いたもの。これを読者がどう思うかだな……。池上は森林先生に書かれたくないことはないのか?」

ぎくりとした。

書かれたくないことだらけだ。

私と正隆の関係は、森林先生にはずいぶん前からバレていたようなのだ。

五月の上旬、三ヶ月ほど前だ。いつものように打ち合わせで森林先生のマンションに行った時だった。一通り打ち合わせが終わって私が帰ろうとすると、森林先生はいたって冷静にこう言ったのだ。

「池上さん、正隆さんのよく行く店の中には私もよく行くお店もあるの。できたら、あなたがよく行くお店に誘導してもらえないかな?」

背筋がぞうっとして、身体が硬直した。

森林先生はそんな私に無言で、私と正隆の会話を盗聴している録音データを再生した。

羞恥心《しゅうちしん》で全身がカッと熱くなった。

先生はいつから知っていたのだろう?

動かぬ証拠に私は何も考えずにその場で土下座をしていた。

土下座なんて人生で一度もしたことがなかったのになんの躊躇いもなかった。

「本当に申し訳ありません。自分でもどうしてこうなったのか分かりません。正隆さんには二度と会いません。先生の担当から外してもらっても構いません。なんでもします。許してください」

カタカタと小刻みに震えていた。こんな風に滑稽《こっけい》なほど震えたのは、子どものころ気温が寒かったのに強行されたプールの授業以来で、抱いていた感情は恐怖の一色だった。

でも、森林先生の反応は私の予想とはまったく違っていた。

「あら、やめて。そんなつもりはないから。別に池上さんを責めようと思ってないんだけど、おせっかいな人がいて、わざわざ私に教えてくれるの。それじゃあちょっとね。噂が広まるのは困るし。池上さんだって困るでしょう？　不倫叩きって行きすぎだと思うけど、今はそういう風潮だし」

「別れます！　私、正隆さんのことはなんとも思ってないんです」

森林先生は首を傾げてじいっと私の顔を見て、しばらくすると声をあげて笑った。

怒りをぶつけられると思っていたから、予想外の反応でなんだか力が抜けた。

「なんとも思ってないの？」

「はい」

「だったらどうして？　すごくハイリスクな相手でしょう？」

「それは……」

森林先生となかなかお近づきになれなくて、焦ったが故の暴挙とは、とても言えなかった。なんと言えばもっともらしいか考えたけれど、本当の気持ちがあまりにも強くて何も言い訳が見つからなかった。いっそ、正隆のことが好きだと言えばもっともらしかったのかもしれないけど、そんなことは嘘でも口にしたくなかったし、いくらなんでも、そう言えば森林先生だって冷静ではいられないだろう。

ぐるぐると同じところを何周も考えるばかりで、言葉が何も出てこなかった。

私が困り果てている様子がよほど面白かったのか森林先生はまた笑った。

「いい。なんとも思ってないんだったら、責めても仕方がないし。その代わりね、私、池上さんにやってもらいたいことがあるの」

「え?」

「さっき、なんでもするから許してって言わなかったっけ?」

「え? ああ。はい。言いました」

「そうよね。だったら……今すぐお願いしたいことがあるんだけど」

「私にできることだったら、なんだってしてします」

「そう? よかった。それじゃあ正隆さんに小説を書くよう励ましてもらえないかな?」

「え? どうしてですか?」

「私がそうして欲しいから。ね? してくれるでしょう?」

私は疑問に思いながらも同意した。

「それから、私が指示したタイミングで、正隆さんに『妊娠した』と嘘をついてもらいたいの」

私は驚きのあまり一瞬固まってしまったと思う。

「ええっ！　どうしてですか？」

「どうしてなのか、考えてみて？」

森林先生は艶やかな微笑みを浮かべていた。それは打ち合わせで「ああ、ひらめいたかも」とか「いい感じで繋がったかもしれない」とか「これっていい案だと思うんだけど」とか「こういうのはどうかなあ？」とか言う時の森林先生の微笑みに似ていた。

「その代わり、約束してあげる。私の担当からは絶対に外さないし、池上さんが正隆さんと不倫関係だってことは死んでも言わない。ね？　いい条件でしょう？」


森林先生とあんなやりとりがあってから私は先生に言われた通り、正隆に小説を書くように勧めて、励ました。それからさらに、私は先生から指示を受けて、正隆に「妊娠しました。どうしたらいいのか分かりません」といった内容のメッセージを六月のはじめに送った。正隆は正隆らしい屑《くず》っぷりで私の深刻なメッセージを既読スルーしていたが、既読スルーから二週間もたってから「ちょっと待って欲しい」とひとことだけメッセージが来た。ここで何も返さないのはあまりにも不自然だったので、何度か電話をかけてみたけれど、正隆は一度も電話に出なかった。

本当に妊娠していたら、こんな態度をとられた時点で普通の人間なら怒りで半狂乱になるところだ。

でも、実際は妊娠していないので、まあ、こんなものだろうなあとしか思わなかった。

ひょっとしたら、森林先生は正隆ときっぱり別れるための手段を私に授けてくれたのかもしれないと思ったくらいだ。

そして、もしかしたら本当に正隆に「妊娠した」と言った女が過去にいて、正隆がどんな態度を取るかを森林先生は経験済みだったのではないだろうか？　と思うとなんとも言えない気持ちになった。正隆と連絡がつかなくなり、関係が切れたのだ、とさっぱりした気持ちでいた私は、正隆に嘘をついたことすら忘れそうになっていた。

ところが、七月三十日の夜、森林先生の自殺をほのめかすブログを読んで、翌朝私は山中湖の別荘に向かい、そこで正隆と対峙《たいじ》した。正直に言うと、この時正隆が今さら私の妊娠の話を持ち出したのには驚きしかなかった。


「池上、どうした？」

神永編集長に呼びかけられてハッとした。

私たちみんなが森林先生の小説の中にいて何か役割を与えられているとしたなら、私の役割はなんだろう？　それは分からないけれど、本当にこんな不倫というゴシップを暴露せずにいてくれるとはとても思えない。

「池上さん、次はあなたよ」

そんな風に森林先生が私の耳元でささやいているような気がした。

「いいえ。なんでもありません。編集長は森林先生に暴露されたくないことはないんですか？」

「あるよ」

即答だった。でも、その素早さから、後ろめたさのレベルは私とはまったく違うだろうとも思った。

「まあ、誰にだってそれはオフレコにしておいて欲しいってことはあるだろう？　打ち合わせだってネタを提供するために自分の話をすることもあるしな。お互いブログに登場しないことを祈るしかないか」

編集長はそれでいいかもしれないが、私は神頼みではあまりにも危険だ。

やっぱりどうにかあのブログを閉じる方法を模索しないといけない。

「森林先生はこの作品を最後まで掲載するおつもりなんでしょうか？」

「その可能性は高いな」

「編集長は森林先生が生きていると思いますか？」

「その答えはさっきほとんど答えたも同然だ。森林麻美は死ぬか死ぬ覚悟がないとできないことをやっているよ」

「ブログ、荒れたままですけど、私も小説を読んでもいいですか？」

「閉じられないなら、どうしようもない。状況だけは把握しておけ。たぶん、また更新されるだろうから」

私は森林先生の原稿をプリントアウトしながら、正隆を引っ張ってこられなかった自分に改めて腹が立った。

ブログをどうにかしないと生きた心地がしない。正隆は怖くないのだろう。少なくとも彼が現在持っていない仕事や社会的な地位がなくなることはないのだ。
正隆はほとんど無敵の人だ。それが怖くて私は言いなりになっていた。
それでも、明日すぐに連絡しよう。
そう心に決めて私は原稿を読みはじめた。

三島正隆【三】

沙織が帰ってから僕はすぐに母さんに電話をした。もちろん、行方不明者届を出してもらうためだ。しかしながら、母さんは金のことで頭がいっぱいだった。悔しいことに麻美が動画で言っていた通りだった。

「本当に困るのよ！　ねえ、正隆、いくらか都合してもらえないかしら？　お願いよ」

「母さん、その件は帰ってから話そう。その時、その話を持ってきた母さんの同級生を連れてきてくれ」

同級生を連れてこいと言ったら、機関銃のように止まらなかった母さんの言葉が一瞬止まり、なにやら、もそもそと奥歯にものが挟まったような話し方になった。

「あのね、ちょっと話しておきたいことがあるんだけど、本当はこんなタイミングで正隆に話すのは……」

「母さん、いったい、どうしたんだよ？」

「お母さんね、その人と再婚しようと思ってるの」

「はあ？」

「結婚するの。だから、お金のことは心配しないで。麻美さんがなんて言ったのかは知らないけど、とにかく彼に任せていれば、これから雪だるま式に増えて戻ってくるんだから、心配はいらないの」

少し母さんの話を聞いただけで、想像以上に大変なことになっているのだけは理解できた。

「母さん、とにかく今すぐ、僕のマンションに行って麻美が行方不明だと一一〇番通報してくれ」

「分かったわ。でも、お金はどうなるの？」

金の話と麻美が行方不明になっている話と、一一〇番と行方不明者届の話がぐるぐると五巡くらいしてようやく母さんは僕のマンションへ行く気になった。

「金か……」

そう言えば沙織はこのまま麻美が見つからなければ大変なことになる、と言っていた。確かに僕に自由にできる現金はないといってもいいのかもしれない。

とにかく東京のマンションに帰れば何か手がかりが見つかるかもしれない。

それにしても、あんな長々と母さんに遺書を書いて動画を撮影するくらいなら、どうして、僕が一番必要なことを書き残し、まず先に僕宛の遺書を公開しなかったのだろうか？

冷え切っているとはいえ、夫婦なのだから、麻美にとって一番近い人間は僕だ。そうしてくれて当然だろう。病気のことだって、どうして相談してくれなかったのだろう？　これじゃあ、まるで僕が頼りにならない夫だと思われるか、不仲な夫婦だったと勘ぐられるに違いない。それが世間一般というものだ。やることと、考えることが多すぎてイライラした。僕は次々とグラスに注いだウイスキーを飲み干し、そのままリビングで酔い潰れてしまった。

ハッと意識が覚醒した。日差しの眩《まぶ》しさに目が覚めたのだ。リビングの天井の高さでどこにいるのかを自覚する。掛け時計を見るとちょうど十時をまわったところだった。立ち上がると、急激に吐き気がこみ上げてくる。

二日酔いだ。無理もない。昨日はとてもじゃないが、何かを食べる気持ちにはなれなかった。ほとんど何も食べずに、ウイスキーだけをひたすら流し込んだのだ。二日酔いは当然の報いだ。

僕は急いでトイレに駆け込んで、液体しか入っていない胃の中が空になるまで吐き続けた。そして、そのままシャワーを浴びて、再びリビングに戻って、スマートフォンを確認した。何十件もの着信履歴とメールが画面を埋めていた。

主に沙織だったが、沙織以外の僕の連絡先を知っている麻美の担当編集者からも、着信と問い合わせのメールが届いていた。みんな麻美を心配しているのだ。

僕には麻美がどこかでみんながおろおろしているのを見張っているような気がした。

私はなんでもお見通し。

麻美にはそう言いたくて仕方がないようなところがあった。家で一緒にドラマを見ているとストーリーの続きを予想してべらべらと話してしまうので何度興ざめしてしまったか分からない。

それだけじゃない。麻美は人の会話のちょっとしたほころびをめざとく見つけて余計な事情を詮索するのが好きだった。マンションの隣の住人や、よく行くレストランの従業員、いつも通っていた美容院の美容師なんかがこぼした言葉尻を捕らえて放さなかった。そして、抽出した情報らしきものを、わざわざ僕に教えてくれた。僕に教えていた、というよりも僕をアウトプットするための道具にしていたと言ったほうがいいかもしれない。

僕はほとんど聞いていなかった。

麻美があいうことをする度に、馬鹿にされたような気持ちになったし、ああいうことがしたいなら、小説家じゃなくて、占い師にでもなればよかったのにと思う。

僕のスマートフォンの画面を埋めた編集者たちは、麻美が彼らをどんな風に見ていたのかを知らない。

だから、心配できるんだろう。

本当に返事をしなければいけない人間なんて誰ひとりいない。そう思ってソファーにスマートフォンを投げた瞬間に着信音が鳴った。画面には沙織の名前が表示されている。本当は出たくなかったけど、沙織とは今後も話し合わなければいけないことがありそうな気がしたし、また何かあったのかもしれないと思って。五回コール音を待ってゆっくり出た。

「もしもし？」

「もしもし、正隆さん、もう東京に向かってますか？」

「いや、さっき起きたところなんだ」

「どうしてですか！」

「どうしてって言われてもね」

「もしかして、森林先生から連絡があったんですか？」

「いや。残念ながらそうじゃない」

「そうですか。そうですよね」

沙織は麻美が死んだと信じている。でも、麻美が生きている可能性にしがみつきたい気持ちもあるようだった。

「ブログが更新されたのはご存じですか？」

「いや。知らない。もしかして、僕宛かい？」

「いいえ、違います。私が昨日別荘で見つけた新作小説の冒頭がブログで公開されているんです」

「そうか……。遺書じゃないんだな……」

「遺書じゃないとも言いがたいんです。編集長が確認してくれた結果、おそらく間違いなく森林先生が自分のことを書いているようなので」

「自分のことを書いた？　自叙伝ってことかい？」

「いいえ。自叙伝とは少し違います。正隆さんは白い鳥籠事件をご存じですか？」

「白い鳥籠事件？　いや、知らないなあ」

返事が数秒返ってこなかった。そして、沙織は呆れた口調を隠すこともなかった。

「今、事件の概要を送ります。森林先生はご自分がこの事件のすごく重要な人物のひとりであることをこの小説に書いているんです。それから、すぐに東京に戻ってください」

「プロットを探したいんだよね？　分かったよ」

「プロットだけじゃありません。どうにか、ブログのＩＤとパスワードを見つけないと、これからどうなるか分かりません」

「僕と君とのことが暴露されるかもしれないってことか？」

「それもそうですけど、昨日私がお預かりした原稿には続きがあるはずなんです。クライマックスが欠けているんです。このクライマックスがどうなっているかが大問題なんです」

電話の向こう側の沙織はかなり興奮していて、本人がものすごくこちらに伝えたいことがあるのに、興奮のせいでうまく僕に伝わらず、もどかしさのあまり、ますます興奮しているようだった。

「池上さん、落ち着いて。どういうことなんだ？」

「落ち着いてなんかいられません。もし、森林先生が四人を毒殺していたとしたら、もう……」

「四人を毒殺した？　どういうことだ？」

「とにかく東京に戻ってください」

「ああ。分かったよ」

麻美が毒殺？　僕の頭は混乱した。もし、それが真実だとしたら、確かに困ったことにはなるだろう。僕は大急ぎで別荘の戸締まりをして、車に乗り込んだ。


「ねえ、正隆」

東京のマンションに着くと、母さんが待ち構えていた。ここで一晩すごしたようで、リビングで寝ていたような痕跡を見つけて、なんとも言えない嫌な気持ちになった。

「母さん、まだいたのか。帰って良かったのに」

「なんなのその言い方。あなたに頼まれて来たのに」

「そうだったね。ありがとう」

棒読みでそう言うと母さんはため息をついた。

「警察に電話をしたら、結局警察署に行くことになって、色々聞かれたのよ。特にどうしてあなたが来ないのかって、問い詰められたの。まるで、あなたが麻美さんを殺したんじゃないかって疑っているみたいだった」

「そりゃあ僕が行くべきだったけど、別荘にいたからね。母さんも会ったことあるだろう？　池上さんにせっつかれたんだ。自殺をほのめかす内容だったから、自殺を食い止めるためにも、早く警察に届けて欲しいって言われてね」

母さんは僕をじいっと見た。この目は子どものころからよく知っている。僕が嘘をついていないかを見極めようとする目だ。でも、この目が僕の嘘を見抜けたためしなんて一度もないのだから、母さんのことを気にする必要はないと思っていた。でもまさか、母さんがこんなことを言うとは思わなかった。

「ねえ、正隆、もしかして、あなた、麻美さんを殺したの？」

「母さん！　なんでそんなことを？　僕が麻美を殺すわけないじゃないか！　だいたい麻美のブログを読んだろう？　動画も見たんだろう？　麻美は自分で自殺をほのめかしてたじゃないか！」

「ごめんなさい。そうよね」

「でも、どうして、そんなこと考えたんだ？　僕が麻美を殺したかもしれないなんて」

母さんは視線を一瞬宙に泳がせてから、首を振った。

「私の勘違いだったのかもしれないけど、正隆、あなた、麻美さんになりたかったんじゃない？」

「はあっ？　どうして僕が麻美になりたいって思うんだよ？」

「そうね。それは私が、麻美さんがあなただったら良かったのにって何度思ったか分からないから。麻美さんは若くして才能を認められて、小説家としてのキャリアの階段を着実に上っていた。それが麻美さんであなたじゃないことに私はいつも憤《いきどお》りを感じていたの。でも、そうね。私がそう感じていたからって、あなたがどう思っていたかは別のことよね」

「そうだよ。母さんがそんな風に思っていたなんて心外だけど、僕は麻美になりたいなんて一度も思ったことはないよ」

母さんが、麻美の仕事に興味を持っていたことを初めて知った。今まで母さんは麻美に対して三島家に嫁いだ女、という視点でしか見ていないと思っていたのに麻美がどんな仕事をしているのか、もしかしたら僕より母さんのほうが麻美の仕事に詳しいのかもしれない。

「そう。じゃあ私は余計なことをしたのね」

「余計なことって？」

「麻美さんの仕事の邪魔をすればあなたのためになるかと思って」

「え？　どういうことだよ？」

「あなたがいない時を見計らって、ここによく来ていたの」

沙織がどうして母さんに連絡して欲しいと言ったのかがようやく分かった。

僕が知らないだけで、母さんがここにしょっちゅう来ていたのは本当のことのようだ。

動画の内容は嘘ではなかったということだ。

「麻美は母さんがここに来ていたことを僕には言わなかったから、あんなやりとりがあったのは動画を見て初めて知ったよ。母さんはわざと麻美の邪魔をしたっていうのか？」

「ええ。私なら自分の姑に同じことをされたら鍵を替えたわ。まあ、孫が三人欲しかったのは本当のことだけど」

「麻美にあんなことをして、母さんの心は痛まなかったのか？」

「分からない」

「え？」

「分からないの、麻美さんのこと。私は確かによく麻美さんに常識がないと言ったの。本当にあの人は何も知らないから。でも……。常識がないのではなくて、常識が通用しなかったのかもしれない」

「どういうこと？」

「私は嫌がらせに来ているつもりだったけど、手応えがなかったのよね。困った顔ひとつしなかった」

「母さんは麻美のブログは読んだんだよな？　母さん宛の動画も見たんだよな？」

「読んだし、動画も見たけど、あれが麻美さんの本音だとは私には思えなくて。孫の話をしたのは確かだけど、あそこまでは……。それに、橋本さんの話は麻美さんが間違っているの。本当に信用できる人なんだから」

「母さん、まさか、その橋本とかいうやつと本当に結婚する気？」

「ええ。そうなの」

母さんの顔がぱっと明るくなった。

もうすぐ、六十に手が届く母親の顔が輝いている原因が男だと思うと、キリキリと胃が痛くなってくる。

「その橋本って人のことはもっと調べてみるべきだよ」

「その必要はないです。正隆、私、あなたに同じことを言って断られたことを忘れていないんですからね」

母さんは、僕が麻美と付き合いはじめたころ、交際にかなり反対していた。麻美が児童養護施設で育ったことと、麻美を虐待していた父親の素性と現況が明らかでないことを気にしていたのだ。もっと調べるべきだと母さんが言ったのを確かに僕は無視した。

「それとこれとは別だろう？」

「ずいぶん、勝手な言い分ね」

「麻美が言っていたじゃないか？　何度も詐欺みたいなことをやっている人間なんだって」

「そんな人じゃないの！　橋本さんが会社を他の人に譲ってからおかしくなったんだから、橋本さんのせいじゃないもの」

「じゃあ、橋本に金がなくなったって言ってみろよ」

「そんなこと……」

「言えないんだろう？」

「言えるわけないでしょう。橋本さんのことを信じていないって言うのと同じだもの」

橋本という男の恐ろしさが身に染みた。橋本が得意なのはきっとマルチ商法だけじゃあない。恐らく結婚詐欺師の一面も持っている。しかも、騙されている本人が永久に騙されていることに気づかないタチの悪い詐欺師のような気がした。

麻美が小説にそういう登場人物を書いたと言っていたことがあった。

麻美は自分が作った登場人物に似ている人間を探したのだろう。おそらく麻美には、いとも簡単なことだったに違いない。

母さんがマルチにハマっているなら、金の流れを止めてしまえば収まることだと思っていた。でもこれは母さんの痴情が絡んでいる。橋本のことを悪く言えば言うほど、母さんの僕に対する反発は大きくなっていき、結婚に反対すればするほど、母さんは悲劇のヒロインになっていくだろう。

一番厄介な男に引っかかった。

橋本にしてみたら、ものすごく簡単だったろう。母さんは結婚してから、ずっと専業主婦だ。世間知らずもいいところで、兄弟とは仲が悪く疎遠。おまけに友人らしき人もほとんどいない。だから僕と麻美にも執着していたのだ。

「橋本のほうはどうなんだ？　母さんのこと信じているんだったら、お金が出せなくたっていいはずだろう？」

「正隆、あなた酷いこと言うのね。見損なったわ」

「母さん、僕は酷いことなんて言ってないよ。信用とか信頼とかは相互関係がないとおかしいだろう」

「信用も信頼も、あなたに言われたくありません。正隆、私、知っているんだから」

「知っている？　って何を？」

「あなた、ずっと麻美さんを裏切り続けていたでしょう？　そんなあなたの口から信用や信頼なんて言われてもね」

「なんでそんなこと。でも、それとこれとは別だろう？」

「いいえ。とにかく、私と橋本さんの関係に口を出さないでちょうだい」

母さんは怒りで顔を真っ赤にしたまま、マンションを出て行った。僕はしばらく呆然《ぼうぜん》としていたけど、母さんが散らかしていったリビングを片づけはじめた。


母さんが帰ってから、すぐに沙織から電話があった。マンションの近くまで来ていると言われたのでしぶしぶ部屋に招いた。

沙織は昨日家に帰らなかったのだろう。昨日と同じ服を着ていて髪の毛はぼさぼさで、化粧も直さなかったのか、顔がぎとぎとしていて、口紅は輪郭だけしか残っていなかった。

僕はその顔をしげしげと見たが本人はまったく気にしていないようだった。

「森林先生がいつもお使いになってたノートパソコンは見つかりましたか？」

「それが見当たらないんだ」

「仕事部屋を確認してもいいですか?」

「ああ」

麻美の仕事部屋に案内した。麻美の蔵書はかなりの量を山中湖の別荘に移したが、出版社からの郵送物はいつもここに届くので、本や書類はどうしても増えてしまう。麻美の仕事部屋は壁中がぎちぎちの書棚に囲まれ、机は部屋の中央に置かれている。麻美は本が日焼けするのを嫌がって、遮光カーテンを二重にしていたから、明るい夏の昼間なのに、電気を点けても、この部屋は薄暗い。本人が不在で、しかも自殺していると言い残しているせいで、見慣れた部屋なのにどこか不気味に感じた。

「失礼します」

そう言って沙織は麻美の机の引き出しを開けたり閉めたりした。

「森林先生はいつも一番下の引き出しにPCのバッグを入れているんです。それがここにないということは……」

「外に持ち出したまま、いなくなった?」

「その可能性が高いですね」

「そうか」

「正隆さん、もうあの小説は読みましたか?」

「麻美が毒殺魔かもしれない小説のことかい? いや、まだ読んでない。帰ってからさっきまで母さんと話していたからね」

「そうですか。でも、あれだけは必ず読んでください」

「概要だけ知っておけばいいだろう?」

「そういうことじゃないんです。当事者が書いたノンフィクションとしてだけじゃなく、小説としても『白い鳥籠の五羽の鳥たち』は素晴らしいんです。そして、森林先生は四人の友人をその時に失っているのだとしたら……」

「その友人とやらを麻美が殺した可能性があるから慌てているんだろう? なのに、まるでそうではないと知っているみたいな言い方だね」

「結末は欠落していますが、私は森林先生が四人を殺したとはとても思えません。五人の少女たちの友情はとても得がたいものだと思いました」

「女の友情は一瞬にして、敵意に変わることがある……と言っていたのも麻美だったけどな」

「それは……」

「池上さんは、もし、小説の結末が見つかって、その内容が麻美が毒殺を認めるものだったら、どうする?」

沙織は引き出しの中にあったUSBメモリを机の上に並べる手をぴたりと止めて、こちらを見た。

「分かりません。本当にそうなら、この小説を書いた意味は明確になります。きっと、懺悔《ざんげ》なのでしょうね。でも、そうじゃないほうがいいし、そうじゃないと私は信じたいんです」

「もし、毒殺を認めるものなら、当然出版はできない。でも、そうじゃないなら、遺作としては傑作だと君は考えているのか？」

「そうかもしれません。私、残念でたまらないんです。森林先生はこの作品の話をおそらく誰にもされていません。もし、森林先生が亡くなっていたら、もう誰もこの作品について話を聞くことができないんです」

「結末が欠落しているんじゃなくて、未完という可能性もあるんじゃないかな？」

「それは絶対にありません」

「どうして？」

「森林先生は新聞連載でも、初稿を最後まで書き上げてから連載をはじめるんです。もちろん改稿や加筆されることはありますけど、完成させていない作品をご自身のブログに掲載するとは思えません」

沙織の口調がとげとげしかったので思わず嫌みを言ってしまう。

「君は本当に麻美のことを、なんでも知っていると僕に言いたいらしいね」

「むしろ……。いいえ。なんでもありません。とりあえず、このUSBメモリを全部拝見してもいいですか？　それから、何かIDや、パスワードのヒントになりそうなものの心当たりは見つかりましたか？」

それは運転しながらよく考えてきた。ヒントがあるとしたら、僕が普段見ていないような場所だろう。

「ちょっと探してみるから、ここで作業していてもらえるかな」

沙織の返事を聞いてから麻美の仕事部屋のドアを閉めて、僕は寝室に向かった。

まずはウォークインクローゼットを確認した。ＰＣのバッグを探したけれど見つからなかった。ベッドのサイドボードの引き出しを探ると、ミントブルーの文庫本サイズの分厚い手帳が出てきたので、ぺらぺらとめくる。麻美の字だ。丸っこい、どこか子どもっぽい字。学生のころ、からかったこともあった字だ。アイディアの卵とも言えないような言葉の断片が散らばっていた。念のため持って行くことにする。

サイドボードの隣に置いてある金庫を開けた。暗証番号は僕と麻美の誕生日の数字をシャッフルして組み合わせたものだ。

あ！　と思った。そう言えばこの暗証番号はこの金庫にしか使っていない。ひょっとしたら、この番号がパスワードの可能性があるのではないだろうか？

僕は金庫の中にはパスワードが分かりそうなものがないことを確認してから沙織のいる麻美の仕事部屋へ戻った。

「結末は見つかった？」

「いいえ。そちらは何か見つかりましたか？」

「もしかしたら、金庫の暗証番号の可能性がないかなあと思っているんだ」

「すぐ試すので教えてください」

僕が机の上に置いてあったメモパッドに暗証番号を書きつけると、沙織は自分のパソコンで麻美のホームページの画面を開いて何通りか試していたが、首を振った。

「だめですね。もしかしたら、これがパスワードなのかもしれませんが、ＩＤが違うのかもしれません。どこかに両方がメモされているものが見つかるといいんですが……」

「探してみるよ」

「あっ！」

「どうしたんだ？」

「また、ブログの更新がありました」

「内容は？」

「小説の続きです」

「そうか」

僕は素直にがっかりした。そろそろ僕宛の遺書じゃないかと思ったのだ。ブログのパスワードだって大切だけど、自分で金を動かせない僕にはもっと必要な情報がある。

「正隆さんは怖くないんですか？」

「何が？」

「森林先生にとって正隆さんはとても良い夫とは言えません。罵詈雑言《ばりぞうごん》が書かれていてもおかしくないと思うんですけど、それが世界中の人に読まれてしまうのは怖いと思いませんか？」

「思わないね」

「どうして？」

「どうしてって、僕がどうして麻美が書いたことを気にしなきゃいけないんだ？」

「一番気にしなければいけなかったのは他ならぬ正隆さんだと思うんですけど、もうこれ以上話しても無駄なんでしょうね」

大量のＵＳＢメモリを今日中に確認するのは難しいということで、僕は沙織にそれを預けた。僕が中を見たって判別することができないのだからそれでいい。

沙織が帰ると、僕は沙織がわざわざプリントアウトしてくれた『白い鳥籠の五羽の鳥たち』をしぶしぶではあるけれど読みはじめた。

白い鳥籠の五羽の鳥たち【二】

　ケータイは絵美が持っていたのと同じキャリアで同じ機種の色違いにしてもらった。ケータイが欲しいと藤花園の先生に相談した時、先生は一瞬驚いていたけど、なんだか嬉しそうでそれがくすぐったかった。

　入学式から一週間が過ぎて、私と絵美はお昼休みに一緒にいることがあたりまえになりつつあった。私の前の席の生徒が入学式からずっと欠席をしていたので、授業の前やお昼休みに絵美はその席に座って私と話をした。その日も朝、教室に入って自分の席にスクールバッグを置くと絵美が前の席に座った。

「麻美、おはよう」

「おはよう、絵美」

名前で呼び合おうと言ったのは絵美だ。絵美のことを名前で呼ぶのはまだ慣れていなかったけど、絵美に名前を呼ばれるのは嬉しい。

「絵美、私、ケータイ買ってもらったんだ」

　私が制服のポケットからケータイを出すと絵美の顔がぱっと明るくなった。

「色違いだ！」

た。絵美も自分のふたつ折りのケータイをポケットから出して、カチリと小気味いい音をさせて開いた。絵美のはベビーピンク。私のはスカイブルーだ。

「うん。絵美が持ってるのいいなって思って。だめだった?」

「ううん。嬉しい! スカイブルーもいいね」

「あ、あのー」

絵美と番号やアドレスを交換してはしゃいでいたら、後ろから他の生徒に声をかけられた。まだクラスの生徒の顔を全員分は覚えていなかったから、私には彼女が誰だか分からない。ショートボブで前髪がまっすぐ切りそろえられた、その子の顔は今にも泣き出しそうだ。

「あの、そこ私の席だと思うんです……」

消え入りそうな声の少女が、入学式からずっと欠席していた福原《ふくはら》奏《かなで》だということに私と同時に絵美も気づいて、絵美はその席からぱっと立ち上がった。

「ごめん! この席ってことは福原さん?」

絵美がそう言うと福原奏は頷いて何か言いかけたけど、ちょうどチャイムが鳴って、絵美は自分の席に戻り、奏は深々とため息をついた。

その日の四時間目は音楽だった。終了のチャイムが鳴り、長い渡り廊下を歩いて教室へ移動している時も奏はひとりで所在なさげだ。朝からずっと様子を見ていたら、奏は授業が終わるたびに誰とも話すことなく、机に突っ伏して寝ていた。どうやら、奏も中学時代の友人知人がこのクラスにはいないようで、入学式から一週間、すでにかたまりつつあった女子の輪の中に入ることすら諦めているようだった。

音楽の時間に絵美からメールが来ていた。

——お昼、福原さんを誘ってもいいかな？

私はすぐに返事をすることができなかった。奏も一緒にお昼を食べるようになったら、絵美とはじまっている何かが、もう終わってしまうんじゃないかと思ってしまったのだ。でも、絵美が言い出したことに首を横には振れない。絵美に心の狭い人間だと思われることのほうが怖かった。

昼休みは一階の食堂か、二階の教室で食べる生徒が多く、私と絵美は教室で食べていた。教室に帰ると先に帰っていた奏はお弁当箱と水筒を抱えてふらふらとどこかへ行こうとしていた。

奏の気持ちは痛いほど想像できる。教室でひとりでお弁当を食べる勇気はかつての私にだってなかった。私は中学生のころは暑くても寒くても校舎の裏側の人目につかないところで食べていた。

「ねえ、いいかな？」

「うん」

皮肉なことに、ほろ苦い思い出のせいで、奏とお昼を一緒にすごす覚悟ができた。私が頷くと絵美は大きな声で奏を呼び止める。

「福原さん！　お昼、私たちと一緒に食べない？」

絵美の声に驚いた奏は目を見開いていたけど、次の瞬間笑顔になった。それが私たちが最初に見た奏の笑顔だった。

「ねえ麻美、それ、そっちにくっつけて」

「了解」

「福原さんはそっちの椅子取ってきて」

「うん！」

私たちは奏と私の机をくっつけて、空いている椅子をひとつ持ってきてランチテーブルを作った。私と奏は自分の席に座り、絵美はその間に三角形になるよう椅子を置いて座った。

各自お弁当を開く。絵美と最初に話したことと同じようなことを話した。出身中学はどこ？　誕生日は？　部活はどうする？　奏は話してみるとおしゃべりでよく笑う。お弁当を食べ終えるころにはすっかり打ち解けた空気になっていた。

「そういえば福原さん、どうして入学式から今まで学校に来られなかったの？　入院とかしてたの？」

私がこう聞くとせっかく笑顔になった奏の表情が一瞬で曇る。私はもしかして地雷を踏んでしまったのだろうかと焦っていたら、奏は小さくため息をついてからこう答えた。

「私の具合が悪かったわけじゃなくて、お兄ちゃんの律《りつ》が誤飲で入院したり退院したりで、学校に来られなかったんだ」

親兄弟のいない私には、奏ではなく兄の具合が悪いのが理由というのがうまく想像できなくて、疑問がより膨らんだ。

「どうして、お兄さんの入退院で福原さんが学校に来られないの？」

「麻美。人には色んな事情があるんだってば」

「え、でも……」

私の疑問は絵美にさえぎられたけれど、奏は自分のショートボブを揺らして首を振り、何かを諦めたような乾いた笑い声をあげた。

「いいの。これからも私、律のせいで欠席すると思うから知ってて欲しいし。うちはね、律に障がいがあってさ、律を中心にまわってるような家なんだよね。しかも、律は私の行事を狙ってるみたいに具合が悪くなることが多くて……」

奏の兄の律はダウン症だ。そして、この時以降も奏が学校を休む時の原因は奏本人ではなく兄の律のせいだった。

「それって、お兄さん、酷くない？」

私がそう言うと奏はぐっと喉が詰まるような音をさせて、さっきまでお弁当を広げていた机に両腕で頭を隠すように突っ伏す。私には何が起きているのか分からなかった。私たちの席は窓際で廊下側にはまだお昼ごはんを食べている生徒がまばらにいた。絵美は廊下側の生徒たちから奏を隠すように椅子を奏に近づけて座った。

奏が泣いていることに私が気づくには絵美よりもずっと時間がかかった。奏は声もあげずに泣いていたからだ。わずかに震えていた肩でようやく私にも奏が泣いているのだと分かった。

こういう泣き方をする子どもを藤花園でも見たことがある。奏の泣き方は、泣き声をあげるともっと酷い目に遭うことを知っている子どもと同じだ。

奏はいつもこうして泣いているのかもしれないと悟った瞬間、そのいじらしさに私の胸は締めつけられた。

「福原さん、ごめん」

私が謝ると奏は頭を横に振った。私と絵美は奏が泣き止《や》むまで、ただずっとそばにいた。

私でも誰かの悲しみに寄り添えることがあるのか、と初めて抱く感情に私は驚いていた。

白いセーラーカラーの夏服を着るころには、私と絵美と奏は三人で行動するのがすっかりあたりまえになっていた。夏服を着るのも三人で同じ日に着ようと話し合って決めた。本当に他愛のないことで、意味なんかないと思われても仕方がないけど、そういうことがとても楽しい。

「姫女《ひめじょ》の制服って私、実は夏服のほうが好きなんだ」

絵美がそう言うと奏がこくこくと頷く。

「私も！」

「そんなに？　中学の時だってセーラー服だったでしょ？　私はどちらかというと冬服のブレザーのほうが初めて着た時嬉しかったけどなあ」

「中学の時の制服とは全然違うよ。ね、絵美」

「うん。全然違う」

私の意見にふたりは力いっぱい反論して、私は笑いながら謝る。

「制服は可愛いんだけどさあ、体操服のジャージのこの色……。白って微妙だよね」

私がそう言うとふたりはそろって苦虫を嚙みつぶしたような顔で、それぞれが今着ているジャージをしげしげと見た。

「白もそうだけどさあ、このラインの赤、酷いよね」

体育の授業で柔軟をしながら話していた。姫女のジャージは生徒には大不評だったのだ。長袖も長ズボンも半袖もハーフパンツも白。今日は雨なので体育館で授業をしているからいいけれど、グラウンドで授業があると、体育座りをすれば猿のお尻のように座ったところが茶色くなる。そしてサイドに入っている四本のラインは赤。まるで赤い水引のようで、生徒の間で体操服は「のし袋」と呼ばれていた。

「はい！　それじゃあふたり一組になって！」

柔軟が終わり体育教師がそう言うと、私たちはもうひとり誰かいないか目を走らせた。藤田友梨香《ふじたゆりか》がひとりでおろおろしているのを絵美が最初に見つけて、友梨香に向かって手を振る。

「あれ、藤田さんひとり？」

奏がそうつぶやくのも無理はない。友梨香はいつも、陸上部の山本由樹《やまもとゆき》とふたりでいるのをよく見かけたからだ。

正直、私の友梨香への第一印象は良かったとは言えない。友梨香の身につけているものや持ちものからは、金銭的な豊かさが顕著ににじみ出ていた。素敵な刺繍《ししゅう》の入ったブランドもよく分からない色鮮やかなハンカチや、色は黒で一見地味だが全体が複雑な型押しで模様の入っている革のペンケース、それに入れられた重たそうでおしゃれな色合いの筆記用具。そして、なんといっても歩くと良い音のするローファー。友梨香の両親は医師だという噂も耳に入り「私とは住む世界が違う子だ」とこちらから壁を作ろうとしていたのかもしれない。

それには自分ではあまり認めたくない妬《ねた》ましさが混ざっていたことは間違いなかった。

「藤田さーん」

絵美が呼んでいるのにようやく気づいた友梨香の表情は灯《あか》りが点いたかのようにパッと明るくなり、ポニーテールをくるんと弾ませながらこちらに来た。

「今日も山本さん休みなんだね」

絵美がそう言ったことで、私はようやく最近由樹が欠席がちだったということに気づいた。絵美は本当にクラス全体をよく見ている。

「うん、そうなんだよね。ちょっと由樹、今色々と大変みたいでさ。私、佐々木さんたちと話してみたかったから誘ってくれて嬉しい」

「山本さん、体調不良じゃないの？」

「麻美！」

絵美にさえぎられて私はまたやってしまったと反省して下を向いていると友梨香が笑った。

「私の口からは言えないけど、そのうち由樹が話してくれると思うから」

本人のいない場所で知っていることをべらべらしゃべったりしない友梨香の義理堅さに、いい子なんだなあと感心した。そして、友梨香の次の言葉に私は驚きと気安さを覚える。

「ねえ、森林さんって新入生代表で挨拶してたから、頭いいんだよね？　私ね、五時間目の数学当たるんだけど、もう高校入ってから数学全然分かんないの。ねえ、教えて！」

私は自分の弱点を人前でこんなに素直に話せたためしがなかったので、友梨香のその素直さがとても眩しく、頼りにされたことが嬉しかった。

「私に分かる問題なら教えるよ」

得意気にならないように私がそう言うと、絵美がひじで私を小突く。

「麻美、謙遜しすぎ。藤田さん、麻美って塾にも行ってないのに理数系強いんだよ」

「塾に行ってないってすごい。地頭がいいってこと？　羨ましい。私、もう数学の時間つらくてさ」

「数学の田中《たなか》先生怖いもんね」

奏がそう言うと友梨香は激しく頷く。

「じゃあ、お昼食べたら勉強会ってことで、ね？　麻美」

「了解」

私が返事をすると体育教師がけたたましく笛を吹いてこちらを指さす。

「そこ、私語やめなさい！」

私たちはパッとペアになり、私の相手は一番近くにいた友梨香になった。


山本由樹は翌日には学校に来た。由樹は陸上部で長距離の選手で、私たちの中で一番背が高く、ベリーショートがとても似合っていた。長身ですらりとした体軀《たいく》のせいか、あのどうあがいても恰《かっ》好《こう》よくならない「のし袋」を由樹だけは着こなすことができた。

友梨香が昨日のことを話していたのか、朝、私たちに気づくと由樹のほうから話しかけてくれた。

「友梨香をまたひとりにさせたかもって心配してたんだけど、森林さんたちと一緒だったたって聞いて安心したんだ。ありがとう。うち、お父さんが転勤で単身赴任になってから、おばあちゃんがなんかショックだったみたいで調子がよくないんだよね。昨日もおばあちゃんの具合が悪くて休んだんだ。だから、これからもちょくちょく休むことがあるかもしれない」

「そうなんだ。大変なんだね」

私がまた絵美にさえぎられるような返事や質問をしないように注意をしていたら、絵美がぷっと吹き出す。

「麻美、かなり我慢したね」

絵美がそう言うと奏も笑った。

「ごめん。私には家族がいないから、どうしても家族のことってよく分からなくて気になっちゃうんだ」

みんなの目が驚きで見開かれていたけど、私自身が一番驚いていた。私は誰にも言うつもりがなかった藤花園で生活していることをいつの間にか、この四人に打ち明ける気になっていたのだ。始業のチャイムが鳴ってみんなが自分の席に戻る。自分で爆弾を落としたのに、妙に晴れやかな気分だった。

この時私はようやく気づいたのだと思う。

誰かに近づきたい時は相手にも自分に近づいてもらわなければならないということに。

こうして高校生になって私に初めて友だちができた。

池上沙織【三】

森林先生の仕事部屋には、先生が愛用していたノートパソコンはなかった。そして、ブログのIDとパスワードも見つからなかった。

私は編集部に戻り、森林先生の仕事部屋にあった三十本以上のUSBメモリの中身をすべてチェックし、ナンバリングし、内容の一覧表を作るという単純作業に没頭した。

必要なものだけ探せばいいだろうと思われそうだが、回り道のようでもこのほうが見落としはなくせると思った。今後何が必要になるのかも分からないからだ。

作業をしながら、森林先生のブログが更新されていないか、どんなコメントがついているのかもチェックした。ブログでは『白い鳥籠の五羽の鳥たち』の登場人物が出そろったところだ。当分、この作品の続きが更新されるのだろうか？　それとも、まだ地雷が埋められているのだろうか？

この作品ももちろん地雷だ。地名はイニシャルが使われているし、学校名も仮名になってはいるけれど、最悪なことに人名はどうやら本名が使われている。これでは読者は簡単に場所や人物を特定してしまう。

インターネットの広大な海の恐ろしさはこれほど膨大な情報量のはずなのに、検索ワードを工夫したり、複数にしたり、ありとあらゆる組み合わせにしたり、画像で検索したり、見知らぬ誰かに質問したり、少し工夫をするだけで、名探偵が推理したかのように簡単に欲しい情報に繋がるところだ。

その作業はきっと面白いはずだ。自分でもそうする。何かを暴いたり突き止めたりするのは、どんな時代でもマジョリティな娯楽のひとつだ。

小説の内容をありとあらゆる方法で調べた情報がコメント欄に集まり、荒れに荒れていた。当然白い鳥籠事件のことだ。

興奮のポイントは明確だった。
・森林麻美先生が当事者のひとりだったこと。
・集団自殺ではなく無理心中だった可能性。
・無理心中の首謀者が森林麻美先生だったとしたら、今まで自分たちはマスマーダラーの書いた作品を喜んで読んでいたという事実と罪悪感について。
・真犯人がいるとしたら森林麻美先生の四人の友人のうち誰だと思うか。
・これは凄絶《せいぜつ》な現状を抱えた少女たちが巻き込まれた事件で真犯人は別にいるという主張（もともとの森林麻美先生のファンと思われるアカウントはほとんどこの意見）。
すべてが交わり、混乱し、混乱すればするほど、あらゆる意見は揚げ足を取られ、更にその揚げ足が取られ、意見や考えや主張はもともとあった形から徐々に離れるように枝分かれしていく。

炎上。

炎上はそうして収拾がつかなくなっていく。誰が言ったのか、根拠がどうなのか、あいまいだったことさえ、同じところを何周もしていくうちに、さも事実のように書き換えられてしまう。

でもそれは特定の「誰か」が言ったことではなくて、世間や世論に揉まれたもっともらしい、どうやらこれが正しいようだと多数決に流された意見にすぎない。

そこに作家性はないと言っていいと思う。けれどもこうなるだろうと流れを予想して作っているなら、それには作家性が存在するように思う。

揉まれた意見のマジョリティをいち早く察して、自分の意見のように言えることが現代のコメンテーターやエッセイストに必要不可欠な要素だろう。いかに視野が広く多角的に公平にものごとを見ることができるかを、人々に求められる。

炎上がどういうことかを踏まえた上で、あえてこの小説をブログで公開した森林先生の意図は明確だ。

最後までフォローさせること。

最後の一行まで読ませること。

こうして、ブログで小説が公開された今、もはや結末が知りたいのは私と編集長のふたりだけではない。賛否のどちらの意見や推理や憶測を持っていたとしても、みんなこの小説が最後まで掲載されるのを固唾《かたず》をのんで見守るはずだ。

「本当に好奇心をくすぐる天才だよな」

編集長はそう言いながら、私のデスクに近づいた。

「すみません。ブログのＩＤとパスワード、森林先生の自宅マンションでも見つかりませんでした」

「こうなったら、逆に結末が掲載されるまで放っておくしかないだろう。今さら、ブログを閉鎖しても、もう読者が黙っているはずないからな。好奇心の前には善悪なんかは無力なもんだ。それより、例のプロットはどこにあるんだ?」

USBメモリを十二本確認しても、人気シリーズのプロットは見つかっていない。森林先生は私以外の他社の編集者に渡しているのだろうか? そうだとしたら、その編集者から一言あるのが筋というものだけど……。

「プロットはいただいていません」

「なんだって?」

「いただいていないんです」

「えっ? じゃあ……。あのシリーズはもう連載できないってことか」

神永編集長があっけにとられた顔をした。

怒られたほうがずっとましだった。奥歯をぎりぎり嚙みしめる。プロットが見つからないことに焦っているのは神永編集長ではなく私だ。焦りを通り越している気もする。胃の中を誰かにつかまれているようにむかむかする。

「すみません」

つぶやくように小声で言うと、神永編集長は我に返った。

「いや。いいんだ。こうなってくると、プロットが本当にあったとしてもすぐに森林先生と交流のある小説家のどなたかに執筆を依頼することもできないし、出版できるかどうかも分からない」

「でも『白い鳥籠の五羽の鳥たち』の結末がブログに掲載されたら、逆に森林先生の作品に注目は集まるはずです」

「そうだったとしても、まずは『白い鳥籠の五羽の鳥たち』の出版が先になるだろう。それにしたって、結末に問題がなければという条件つきだ。もう、今できることはこのブログを追いかけることだけだな。とにかく、作業を進めてくれ、俺はちょっと行ってくるわ」

問い合わせの電話は鳴り止まない。それはうちの会社だけでなく、森林先生が過去に本を出したことのあるすべての出版社が同じような状況らしい。

そこで、今日急遽《きゅうきょ》、各社合同で記者会見が行われることになった。

と言っても、誰もあのブログに書いてある以上の事実を言えるはずもない。

何も分かっていないのだ。森林先生の居所も、生死も、人気シリーズのプロットの行方も、そして、なによりこの『白い鳥籠の五羽の鳥たち』の結末を誰も知らない。

編集長の後ろ姿を見送ると、私はため息をつきながらパソコンの画面に戻った。二面に分割した画面のひとつはUSBメモリのデータの内容。もうひとつはもちろん森林先生のブログだ。ブログの画面を更新すると新しいコメントがぞろぞろと増えていく。それをスクロールしていくと、妙なコメントを見つけた。

「え？　何これ？」

——森林麻美を出せ！　このブログは全部嘘だ！　削除しないと名誉毀損《めいよきそん》で訴えてやる！

画面の向こうで、書いた人間が顔を真っ赤にして怒っているのが目に浮かぶようなコメントだった。

「まさか、事件関係者？」

死んでしまった少女たちのうち、三人にはぱっと見ただけでは想像できない複雑な事情があった。

吹奏楽部の福原奏は兄がダウン症のいわゆるきょうだい児で、ほとんど両親から構われていないのに、将来兄の面倒を見ろというプレッシャーだけはかけられており、いつも鬱屈《うっくつ》とした思いを家族に抱いていた。

陸上部を母親の指図でやめさせられた山本由樹は学校から帰ると祖母の介護をしているヤングケアラーだった。県外に進学を希望していたが、その夢は叶いそうになかった。

美術部の藤田友梨香は両親がともに医師で子どもに医師以外の道を与えるつもりがなく、理数系の教科が苦手だった藤田友梨香はそのことがかなりのストレスになっていたようだった。

この三人のプロフィールを並べてみると、確かに森林先生に親がいないということがささいなことに思えてしまう。家族がいるということで身動きがとれなくなる子どもが現実にいた。このことを暴露されたら、その家族がどう思うか。

でもこの三人に関しては事件当時から散々暴露されていたことで、特に目新しくはない。今さら蒸し返して欲しくないということなのだろうか？

あの攻撃的なコメントは、この三人の中の誰かの関係者だろうか？　それとも、佐々木絵美にも複雑な事情があって、これから、結末に向けて描かれるのだろうか。

それにしても、笑ってしまう。死んだ人間をどうやって名誉毀損で訴えるというのだろう？　死んでいるからこそ、コメントを書いた人間の言い分を森林先生が聞くこともないのだ。

そして、私は自分の滑稽さに笑ってしまった。すっかり、あの小説の続きがどうなるのかをじりじりして待っているのだから。

きっとこれこそが、森林先生の狙いに違いないのだ。

白い鳥籠の五羽の鳥たち【三】

三学期のはじめのホームルームだった。教室は暖房が効きすぎていて、冬なのに私の背中はじんわりと汗ばんでいた。担任教師が配布した紙を一枚取って後ろに回す。

「選択科目の希望調査書の締め切りは来週の金曜日までだから、みんなよく考えて」

姫女は二年生になると選択科目によってクラス分けが決まる。私は入学当時、卒業できるかどうかばかりを考えていたけれど、成績のいい私に四人が口々に「もったいない！」と言うので、その言葉に励まされて大学進学も少しだけ視野に入れることにしていた。お金のこと、卒業したら藤花園を出て自活しなければいけないこと、問題は山積みだけど、不思議なことに「なんとかなる」と前向きな気持ちでいた。

放課後、教室で選択科目をどうするかをみんなで話し合い、それぞれ紙に丸をつけてから見せ合った。私は正直どちらでもよかったけれど、理系科目が強かったので理系にしようかなと考えていた。

絵美と奏と由樹は文系の選択科目にしていた。前からそんな話をしていたから三人に違和感はなかった。意外だったのは友梨香が理系を選んだことだ。

「友梨香、あんなに理数系苦手なのに？」

友梨香の理数系の成績があまりよくないことを私たちはよく知っている。夏休みやテスト期間中の放課後、駅の地下街のフードコートで五人で勉強会をする時、特に数学や化学の問題になると友梨香は眉間に力が入り、とても苦しそうな顔になるからだ。

「私、ひとりっ子だから。あの病院継がなきゃいけないんだって」

「お医者さんになりたいの？」

私がそう尋ねると友梨香は今にも泣き出しそうな顔をして首を横に振る。

「なりたくないし、なれないと思う。でも、親がね……」

友梨香は消え入るような声でそう言い、震える手で選択科目に丸をつけた。


二年生になってから、それまで以上に由樹の欠席が目立つようになり、絵美と奏は由樹と同じクラスだったから授業内容のフォローはふたりがしていた。でも、出席日数はふたりの協力ではどうにもならない。

生徒のほとんどが夏服に切り替わったころだった。放課後、私と友梨香は絵美からメールをもらって急いで生徒指導室の前に向かう。二年生になってから教室が三階になったので、一階の生徒指導室まで走るとそれだけで汗だくだ。生徒指導室の前の廊下で絵美と奏は不安そうな顔をしていた。

私は声をひそめて絵美に尋ねる。

「どんなかんじ？　まさか進級できないとかじゃないよね？」

「分からない。でも担任が出席日数のことで話があるって言ってた」

「何回休むとだめなんだっけ？」

みんなで二年生になってからの由樹の欠席日数を数えはじめたころ、生徒指導室の引き戸が勢いよく開いて、由樹が「ありがとうございました」とお辞儀をして出てきた。由樹は部活に行く前だったのだろう。のし袋ではなく二年生になって陸上部の学年でそろえたジャージを着ていた。

――ねえ、麻美。このジャージ、カッコいいでしょ？

HIMEGAMIとローマ字で文字入れされたジャージの背中をくるっとまわって見せてくれたのはつい最近のことだ。

「みんな、待っててくれたんだ。ありがとう」

「ねえ、どうだったの？　大丈夫だった？」

最初に声をかけたのはやっぱり絵美だ。

「大丈夫って言いたいけど、大丈夫じゃないかも。私、部活やめることになった」

「え？　どうして？」

私が驚いて尋ねたのは当然だと思う。由樹が新しいジャージを喜んでいたからという単純な理由だけではない。

由樹は走るのが好きだ。本人もそう言っていたし、由樹の走る姿を見れば誰だってそう思うはずだ。そして、由樹の走る姿はまるでしなやかな野生動物のように美しい。思わず目で追いかけたくなるほどだ。そんな由樹が部活の時間に私たちを見つけると大きく手を振ってくれる。その瞬間が私は大好きだった。由樹が自分から部活をやめると言い出すなんてとても信じられない。

由樹が短い髪を掻きむしる。私には由樹はいつも冷静そのもののように見えたので、焦燥にかられているようなその動作にとても動揺した。絵美が由樹に近寄り背中を撫でると由樹はため込んでいた何かが爆発したように泣きはじめた。振り絞るような嗚咽《おえつ》に私たちの心も絞られていく。

由樹は何度か大きく深呼吸をした。

「出席日数がこのままだとだめだってお母さんに相談したら、学校を休めないんだったら、もう部活はやめて早く家に帰ってくるようにしなさいって言われたんだ……。うちね、おばあちゃんがぼけちゃって、冷蔵庫の中身を調味料まで全部食べちゃったり、夜中に何度もトイレに起きたりするの。それだってもちろん困るんだけど、一番困るのはどこかにふらふら出かけてしまうこと。もう今まで三回も一一〇番して、おまわりさんに見つけてもらったんだ。それで、お母さん、おばあちゃんをベッドに縛りつけるようになって……」

由樹の欠席のほとんどは認知症の祖母が起こした何かのせいだ。学校を休まなければいけないことだって私から見れば十分歯がゆいことだったのに、さらにあんなに大好きな走ることまで取り上げられてしまう。私はその理不尽さに唖然《あぜん》として、なんと声をかけていいのか分からない。他のみんなもじっと由樹の話を聞いていた。まるで、悪い膿《うみ》が全部出てしまいさえすれば元に戻ると信じているかのように。

「おばあちゃんね、こうしている間にも、お母さんに縛られているかもしれないんだ」

「何か他に方法はないの？」

絵美がそう尋ねても由樹は首を振るばかりだ。

「私も何か方法があればって思う。でも、お母さんはこうするしかないって言うんだ。おばあちゃん、ぼける前はね、元気で明るくて、家族みんなに優しかったのに……」

「由樹んちって、お父さん帰ってこれないの？」

「単身赴任で県外に行ってから本当にあてにならないんだ。前はもっとこっちに帰ってきてたのに……」

「おばあちゃんがお母さんに縛られてること、お父さんは知っているの？」

「知らないのかもしれない。でも知ったところでお父さんは何もしてくれないと思う。お父さんは……」

私の質問に由樹は何かを言いかけて口ごもり、言葉が続かなかった。

由樹の父親には愛人がいた。自分の母親の介護を妻に押しつけて、父親は不倫の情事を楽しんでいたのだ、と事件後週刊誌がそう書き立てた。由樹の言葉の続きは恐らくこのことだったけど、由樹が言わなかった理由なら分かる。これ以上、自分のみじめさをみんなに話したくはなかったのだろう。

「陸上部やめたくなかったなあ。走る時だけはね、どんな嫌なことだって忘れることができるんだ。でも、これでよかったのかもしれない。おばあちゃんが縛られる時間は短くなるはずだから」

藤花園で生活をするということには様々な制限がある。けれども、一度許可されたことが取り上げられることはなかった。由樹が大人の都合で走ることを取り上げられるのはあまりにも理不尽で悔しい。

「由樹のお母さん、由樹の善意を搾取してるようなもんでしょ？　酷いよ」

私がそう言うと由樹は涙を拭って、背筋をすっと伸ばした。

「部活やめるのはつらいし、搾取とかは分からないけど、私、おばあちゃんのことが好きだから、後悔したくないんだ」

「家族のことが好き」という感情は家族のいない私には分からない。そう言われてしまうと何も言い返せなくなる。

「ありがとう。私帰るね」

走り去る由樹を私たちは誰ひとり追いかけることができなかった。

「ねえ、由樹のために何かできないかな？」

由樹がいなくなった廊下の先を見ていると友梨香がそう言って、私たちは由樹のために何かできることがないか話し合った。

欠席しがちで、放課後すぐに家に帰らなければならなくなった由樹のためにできること。

それが当時一番流行《はや》っていたケータイで書き込めるＳＮＳをはじめることだった。

五人それぞれがアカウントを持ち、五人だけで日記を共有することにした。これが結果としては事件の引き金になった、と言われても仕方がなかったかもしれない。けれども私たちの友情と結束がより強く育つ土壌にもなったのだ。

二年生になって私たちが一番心配していたのが九月のはじめの修学旅行のことだ。

奏が修学旅行に行けるかどうかは本当に怪しかった。一年生の春、行事の度に兄の律の具合が悪くなって学校を休むことになる、と泣いていた奏。校外学習、文化祭、体育祭、マラソン大会に至るまで行事という行事を奏は休んだ。兄の具合は奏には関係ないはずなのに、律の具合が悪くなると奏は母親から学校を休めと言われるらしい。

奏の日記のコメント欄をチャットのように使っていると、修学旅行の話題になり、奏は今回も行けないかもしれない、とほとんど諦めていた。

【麻美】奏のお兄さんってどう考えてもわざとでしょ？　どうして親がそれを許しちゃうのかな？

【奏】私は律の分まで健康に恵まれたから、我慢しなきゃいけないいんだって。

【麻美】嘘でしょう？　どうして奏が健康なことに罪悪感を持たなきゃいけないの？

私が怒りに震えてそう書き込むといつものように絵美が口を挟む。

【絵美】麻美、気持ちは分かるけど言い方キツすぎ。それより、奏が修学旅行に行ける方法ってないかな。

【友梨香】修学旅行じゃなくて、うちでパジャマパーティーをするって嘘をつくのはどう？

【由樹】友梨香、律さんはパジャマパーティーのほうが邪魔しそう。

【友梨香】あー。そうか。うーん。難しいね。

嘘をつくなら……。どんな嘘なら奏は修学旅行に行けるだろう？　私はあることをひらめいた。

【麻美】私、いいこと思いついたかも。修学旅行の日を一週間前にしておくのはどう？　行事予定とか、修学旅行のしおりとかの日付を変えて、親にもそう言っておくの。どう？

【奏】それだと私だけ修学旅行の準備をして集合場所に行くことにならない？

【麻美】そこだよ、奏。本当に修学旅行がその日にあったとしたら、お兄さんは？

【絵美】奏を休ませるためならなんでもするんじゃない？

【奏】あ！　そうか。でも、本当の日に荷物を持って行こうとしたらバレちゃうんじゃない？

【麻美】当日持ってこなければいいんだよ。少しずつ、学校に持ってきて私たちが預かっておけばいいんじゃない？

【奏】そうか！　それならバレないかも。


奏を修学旅行に絶対に連れて行くという大作戦はこうして実行された。学校から配布された修学旅行のお知らせのプリントの日付を変えてコンビニでコピーしたり、修学旅行のしおりの偽物を作って奏にはそれを持ち歩かせたりした。荷物はスクールバッグに入るものは当日奏が持ってくることにし、それ以外は私たちで手分けして預かった。問題はスーツケースをどうするかだったけど、これは友梨香があっさり解決してくれた。

「スーツケースはうちにあるやつでも良ければ貸すよ。好きなの選んで？」

友梨香は家族で海外旅行にしょっちゅう行っていたので遊んでいるスーツケースがいくつもあった。友梨香が日記にアップした写真の中から奏は黄色いスーツケースを選び、当日友梨香は自分のものと奏の分の空のスーツケースを持ってくることになった。こうして着々と準備をし、とうとう修学旅行の出発一週間前になった。私たちが奏の偽物のしおりに書き込んだ日だった。

奏はやっぱりその日、律のせいで学校に来られなかった。それで私たちの大人を騙してしまう罪悪感は薄くなったと思う。

そして、次の週の修学旅行当日。

奏は飛行機が飛び立つ直前、母親に「これから修学旅行に行く」とメールをした。飛行機が新千《しんち》歳《とせ》空港に着いてから、奏は母親から電話で私たちにも聞こえるくらいの大声でこっぴどく怒られていたけど、さすがに北海道から呼び戻されることはなかった。

私は奏を修学旅行に連れて行くことができた、という勝利に酔いしれた。奏を苦しめているものを出し抜いてやった、とどこか攻撃的な気持ちもあったかもしれない。四人のためならなんでもできる気がした。

私の中にずっと居座っていた「こころもとなさ」は四人のおかげでほとんど感じなくなっていた。

宿は大きなリゾートホテルで、一部屋にふたりのゆったりした部屋割りだったけど、消灯時間になるまでみんな絵美と奏の部屋に集まった。パジャマが学校の指示でのし袋だったのは残念だったけど、きゃあきゃあ言いながら写真を撮った。絵美はベッドでじたばたしていた。

「私、本当に修学旅行が楽しみだったから、奏も一緒で本当に良かった。麻美のアイディア最高だったね」

「絵美ってそんなに修学旅行楽しみだったの？　そんな風には見えなかったんだけど、何が一番楽しみ？」

私がそう言うと妙な間ができて、絵美は薄く微笑んだ。どこか悲しげで何か憂いが含まれているような笑み。絵美は時折こんな表情をする。そういう時の絵美は何を考えているのか分からなくて、私はいつも不安になった。

「えー、みんなでこうやって一緒に寝るのだって楽しいじゃない」

「さすがにそれが一番ってことはないでしょう？」

「あーさーみー。また言い方キツいよ」

奏にそう言われてハッとした。

「絵美、ごめんね」

絵美の返事はなかった。

絵美の近くにいた由樹が絵美を揺さぶった。

「絵美？」

「絵美、寝ちゃってる。ほんとに寝るのが楽しみだったのかもね」

由樹がそう言うと私たちはクスクス笑って、奏以外はそれぞれ自分の部屋に戻った。

絵美が何を一番楽しみにしていたのか、それを本人から聞かされることはついになかった。

私たちはそんなことは忘れて、北海道の三泊四日を全力で楽しんでいた。

三島正隆【四】

山中湖村の冬は気温の低さの割に、思いのほか雪は降らない。ただ、一度降ってしまうとなかなか溶けない。けれど、本当に怖いのは、雪よりも凍結した道路だ。都内から来た不用心な観光客がノーマルタイヤを滑らせてあわや大事故に、なんてことになる。

つまり、山中湖村の冬は、雪はさほど降らないが底冷えするような寒さが身に染みるということだ。

やっぱり、暖かいところにするようにもっときつく言えばよかったんだ。

いや、待てよ。伊豆《いず》や鎌倉《かまくら》の候補を却下して、避暑地がいいと最初に言ったのは僕だったか。実際夏場にここに来るのは居心地がよかった。涼しいし、静かだ。出かける場所がほとんどないのが難点だが、ホームシアターもサウナもジャグジーも、バーカウンターだってある。出かけたいなら東京にいる時に出かければいいのだ。

これまで、寒い季節に僕がここに来ることはなかった。だから、水道を出しっぱなしにしないと水道管が凍結するという知識はなかったし、暖房が薪《まき》ストーブだったということも、知ってはいたはずだが、意識したことがなかったので薪の用意が間に合わず、寒さで奥歯をガタガタ鳴らしながらどうにか用意したのだ。寒くなってから、ことごとく躓《つまず》いている。

麻美があの問題のブログを公開してから、もう六ヶ月。

麻美の死体はまだ見つかっていない。

沙織に指摘されて、薄々は理解していたが、配偶者がいくら自殺すると書き残していたとしても、死亡が確認できない状態、要するに死亡届が出せない状態なら、行方不明にすぎない。行方不明になった場合、まだ遺産になっていない財産なので、相続がすんなりできるはずもなかった。

麻美の税理士と話し合った結果、家庭裁判所に財産管理人の選任の請求をして、僕が麻美の財産を管理できるように手続きをした。困っている現状を訴えたものの、麻美が行方不明になってから日が浅いこともあって、まだ財産管理人にはなれていない。

当面の現金に困っている旨を訴えてもだめだった。

そこで税理士が知っている限りの麻美名義の証券口座と銀行口座に委任状を使って残高照会をしてみたところ、証券口座にあった証券はすべて現金化されており、銀行口座にあったはずのその現金は「骨髄バンク」「難病児支援」「難病医療の発展事業」などにすべて振り込まれていた。日付はすべて、自殺をほのめかすブログが公開された七月三十日以前で、ネットバンキングで振り込める金額の上限を毎日コツコツと振り込んでいた。

要するに色々打てる手を打ってみたが、確認できたのは現金がどこにもないということだけだった。

税理士はため息をついて言った。

「今のところ動かせる現金はありませんね。正隆さんは麻美さんとうまくいってなかったんですか？」

初めて会った時から、お世辞にもかんじがいいとは言えない税理士だったが、この瞬間の言葉のイントネーションの節々に軽蔑が読み取れて、僕は足のつま先にぎゅっと力を入れた。

「結婚して十年近くたっていましたからね。うまくいってると言っていいと思いますけど」

「そうですか。どうしますかね。たぶん、麻美さんの場合、次の確定申告で、これくらいは所得税と住民税が来ると思いますよ」

税理士がメモに走り書きした数字を見てぎょっとする。

「あと、固定資産税が毎年だいたいこれくらいですね」

さらに追い打ちをかける数字だった。

動かせる現金がない。残高不足でクレジットカードが使用停止になったせいで、信用情報に傷がついたのか、消費者金融の低額のローンさえ通らない。おまけに、以前だったら頼りになるはずだった母さんは橋本良介に完全に洗脳されていて、母さん自身の生活さえ覚束《おぼつか》ない状態だ。

「本人がいないのに、税金を払わなきゃいけないなんておかしいと思いませんか？」

「お気持ちは分かります。でも、麻美さんの死亡はまだ確認されていないわけですから、仕方ありませんよね」

「これ、払わなかったらどうなりますか？」

「うーん。最悪の場合、麻美さん名義の資産が差し押さえられます」

「というと？」

「山中湖の家は麻美さんの名義で一番目立つ資産ですから、そちらが差し押さえられると思います」

ぎょっとした。麻美と僕の理想を詰め込んだ夢の家を取り上げられるのは嫌だった。

「そんな。あの家は……」

「そうですよね。あの家と、この金額では釣り合いは取れませんね」

「どうすれば……」

「正隆さん名義のものを売って現金を作る、というのはいかがでしょうか？」

「僕名義のものを売る？」

「都内のマンション。あれの名義は正隆さんになっていますよね？」

「あっ！」

あのマンションは結婚してすぐに、麻美が欲しがった物件だ。麻美は夫婦共同の名義にするつもりだったが、母さんが、マンションみたいに大きなものの名義は家長にするべきだとゴネて、僕名義になっている。

けっこうな販売価格だった。立地がよく、さほど資産価値は落ちていないはずだし、なによりローンは終わっていたはずだ。

でも、あのマンションを失うのはつらい。僕がどうするべきか悩んでいると、税理士は業《ごう》を煮やしてこう言った。

「マンションを売る代わりの現金の作り方があるならそちらでけっこうです。むしろ、マンションが正隆さん名義だったのは奇跡かもしれませんよ。麻美さんはまるで……」

「まるで？」

「正隆さん、あなたが困ればいいと思っているんじゃないかと、僕は疑ってしまいたくなるんです。明らかにわざと現金を残さなかったんじゃないですかね？」

羞恥心で顔から火が出た。

僕だって金のことは、麻美の僕に対する復讐なのだろうと理解はしているつもりだ。

僕と沙織とのことを怒っていたのだろう。

分かっていても、第三者からこうして指摘されるのは気持ちのいいものではなかった。逃げるように税理士事務所を後にした。


結局、僕にできたことは都内のマンションを売ることだった。どんなに悩んでも目先の金をどうにかするためにできることはそれだけだったからだ。

麻美の死体が見つかるなら、全部解決する話ではあるけれど、警察の捜査は遅々として進んでいないようだし、麻美の小説のファンの推理もまったくあてにならなかった。

麻美の死体は見つからない。

そう簡単に見つかるとは思えないし、このまま見つからないと考えて行動したほうがいい。

行方不明から三年たてば離婚はできると知ったけど、もう今さらだった。沙織は妊娠していなかったし、僕と結婚するつもりはないらしいから、今すぐ離婚できなくてもどうでもよかった。

そもそも、三年後に離婚したら、マンションを売った意味がなくなる。

この山中湖の別荘が差し押さえられるのだけは耐えられなかったから、身を切られる思いであのマンションを売却したのだ。

悔しかったのは僕を担当した不動産屋が完全に僕の足もとを見ていたことだ。僕にはすぐに使える現金が必要なことを相手は知っていたとしか思えない。販売価格と資産価値を考えたら、ほとんど二束三文だったが、食うにもこと欠く生活になっていたから、売却できた時はホッとした。

そうして、僕は都内のマンションを引き払って、山中湖の別荘に引っ越した。別荘が本宅になったというわけだ。

ここでもう麻美ができなくなったことをすればいい。

僕が小説を書くのだ。

今度は僕が小説で稼いでここで生活する。

そろそろ、きっとうまくいくはずだ。

そう考えていたけれど、別荘は日常生活にはあまり向いていないことをすぐに痛感することになった。スーパーに行くのも役所に行くのも半日がかりの仕事になる。

この不便さは絶妙に僕の集中力をそいだ。

そして、沙織からたびたびかかってくる電話。

麻美が毒殺魔かもしれない小説は今もコンスタントに麻美のブログに上がっている。沙織があまりにもしつこいから、僕は食傷気味だったけど、仕方なく読んだ。

読んだ感想は「意外だった」の一言につきる。

麻美に女友だちがいたことがあっただろうか？　少なくとも学生のころの麻美の周りにはいなかったと思う。それにしても、麻美の友人は家庭に問題がある子ばかりだった。こんな偶然が重なることがあるだろうか？　沙織はノンフィクションだと言っていたけれど、僕は麻美の創作に思えて仕方がない。

「事件関係者と思われる人物からコメントがついています」

「それって何か問題あるのかな？」

「いいえ。ただ、名誉毀損で訴えるとか、嘘だとか書き込んでいるんです」

「大問題じゃないか」

「でも匿名のコメントですから、説得力が今ひとつなんですよ」

「そこまで言う人がいるってことは、麻美が書いた小説は麻美にとっての真実ってだけのことじゃないのか？　麻美はよく真実なんて人の数だけあるって言ってたじゃないか」

「正隆さん、ちゃんと読みましたか？」

「読んだよ。ちょっとできすぎじゃないかなあと思ったね」

「事実は小説より奇なりということですよ。とにかくそういう人もいるので、この作品がどんな結末を迎えるかによって出版は難しくなるだろう、というのが今のところの編集長の考えですから」

都内のマンションを手放してから、入れ違いのように、すぐに麻美の口座に金が振り込まれた。重版分の印税だろう、と税理士が言っていた。こんなに世間を騒がせたのに。いや騒がせたからこそなのだろう。麻美の小説は話題になっているらしい。

ブログのあのノンフィクションが出版されれば、その印税もこの口座に入るはずだ。

僕が小説家として収入を得るまでに、金はいくらあっても邪魔にならない。沙織にどうにかならないか聞いてみたところ、はっきりとしない返事ばかりだった。

地下室の麻美の仕事部屋は落ち着かないので、僕はリビングのローテーブルに自分のノートパソコンを置きっぱなしにしている。隣には麻美のミントブルーの手帳を置いていた。何か手がかりがないか何度も読み返したが、それらしいものは見つからなかった。

僕はイライラしながら久しぶりに麻美のブログを開いた。本当はこんなことに気を取られている場合ではない。やっと、書くべきテーマが決まりそうなのだ。早く作業に取りかかるべきだが、それでも沙織が放った「名誉毀損」という言葉が引っかかった。

ブログのコメント欄をスクロールすると、該当するコメントが見つかった。

小説の内容は嘘だ、フィクションだ、つくりごとだ、事実と違う、などということを名無しの同一人物と思われる人間がコメントしている。

そのコメントにアンチもいてなかなか痛快だと思った。

——根拠は?

どうしてこれが嘘だと言い切れるのだろうか。それには確かに根拠が必要だ。

でも、根拠だとか、ソースだとかを求めるコメントには一切答えていない。答える気がないのだろう。嘘だと言い切るなら、それを嘘だと言い切れる人物であることを明らかにするのが近道のはずだが、コメントを書いている人間は、自分が何者であるかを知られたくないように思えた。

そうすると、あの時死んだ少女たちの関係者で今さら事件を蒸し返されたくない人物でもいるのだろうか？

待てよ。何かが引っかかる。

そう思った瞬間にインターフォンが鳴って身体がぎくりと跳ねた。

誰だろう？　モニターを覗き込むと見知らぬ男が立っていた。宅配便や郵便ではなさそうだった。

無視しようか、迷っているともう一度インターフォンが鳴った。恐る恐るボタンを押す。

「はい」

「こちらは森林麻美先生の別荘で間違いないですよね」

「はい。そうですけど何か？」

「あなたは、森林先生の旦那さんですか？」

「ええ、そうですけど、それが何か？」

「私、分かったかもしれません」

「何がですか？」

「死体のありかですよ。聞きたくありませんか？」

「はあ」

かなり怪しい人物だが、好奇心には勝てなかった。

玄関を開けて男の風采《ふうさい》をつぶさに観察した。六十代ほどだろうか？　スラックスをはいているのに上着にジャージを着ている。なんとなく教員を連想させられた。高校時代の担任がこういう服装だったのを思い出す。

「ちょっと待ってください」

僕はリビングに置きっぱなしだったパソコンを片づけてから、男をリビングに通した。

男はきょろきょろと無遠慮に室内を観察してから僕がすすめたソファーに腰掛けた。

男は黙っていた。沈黙に耐えきれず、僕は一番気になることを口にした。

「麻美の死体がどこにあるっていうんですか？」

「どこにもありませんよ。森林麻美は生きているんです」

麻美に対する「先生」という敬称が抜け落ちたことに少しだけ不安が膨らんだ。

「じゃあ、どこにいるかご存じなんですか？」

「ここに隠れていると本人からメールが来たんだ」

そう言って、男は抱えていたバックパックから、数枚の紙を取り出して、叩きつけるようにテーブルに置いた。

僕はそっと手に取った。何通かのメールをプリントアウトしたものだった。

発信元は知らないメールアドレスだった。

最初のメールの内容は白い鳥籠事件の話。最後のメールには真実を暴かれたくなければ、この別荘に来て僕と話し合うようにと書かれていた。

正直、僕は真実なんてどうだっていいし、知りたくもない。

ただ、その真実を麻美にちらつかされて、この男がここまで来てしまったということと、この男がその真実を僕が知っていると誤解しているかもしれないことに背筋が寒くなってしまう。

僕はひたひたと、目の前にいる人間のことが怖くなりはじめていた。怖がっている、と知られたら、その時点で殺されるようなそんな恐怖だった。

「あの、お名前を伺っても構いませんか?」

聞いた瞬間によせばよかった、と思うほど相手はこちらを睨みつけてきた。

「もう分かっているのに、わざわざ答え合わせをしたいんですね。あなたは実に嫌な人だ。あなたの奥さんと同じくらいに嫌な人だ」

僕は事件のことを今さら蒸し返されたくない人物について考えていた時のことを思い返した。そして、あの時何かに引っかかった理由がようやく分かった。おそらく、現在までに分かっている事実ではない、何かが暴露される可能性があることをこの男は恐れているのだ。

吹奏楽部の福原奏は障がいのある兄ばかりが構われていて、本人は放置されていた。

陸上部の山本由樹は祖母の介護を母親から押しつけられていた。

美術部の藤田友梨香は、両親から医者になることを強要されていた。

そして、麻美は父親から虐待を受けて、家族や家庭とは縁のない人生だった。

ひとりだけ、四人と釣り合いがとれない少女がいた。

佐々木絵美だ。

佐々木絵美の父親は……。教師だった？　確かそんなことが書いてあったような気がする。さっと顔を上げると、男はにたあっと嫌な笑みを浮かべた。

「私が誰だか分かった顔ですね。だったら話は早い。早くあのブログの連載をやめてください」

「ブログの連載がやめられるものなら、もうとっくにやめています。あれにログインするＩＤとかパスワードを知っているのは麻美だけなんです」

「だから、森林麻美を出せと言ってるんだ！　生きているのは分かっているんだぞ。こんなに私にメールを送ってきているんだ。ここに夫とふたりでいるって書いてある！」

「七月三十日以降のメールは麻美が死ぬ前に書いたものなんです！」

「そんな馬鹿な。じゃあ、なんで昨日届いたんだ？」

「それは、メールの送信するタイミングを日時指定して送っているからです。おそらく、あなたの返信には麻美は返信していない。違いますか？」

「確かに、最初は私の個人情報を確認するような内容のやりとりがあったのに、最近は一方的に送られてくるだけだった。だから私はブログに苦情を書き込んだんだ……」

佐々木絵美の父親の顔から血の気が一気に失せた。

「困るんだ。困る。書かれたら困るんだよ！」

「何が困るんですか？」

「困るんだよ！　分からないのか！　私は、私は先生なんだよ！」

佐々木絵美の父親は爪を噛みはじめた。インターフォンのモニターに映り込んでいた時の冷静さは微塵《みじん》もなかった。気づけば次の瞬間、僕は彼に胸ぐらをつかまれていた。

「おまえは森林麻美の夫なんだろう？　ブログの管理ができるはずだ」

「さっきも言ったはずです。できないんです」

「いいや、できるはずだ」

佐々木絵美の父親は僕の胸ぐらをつかむだけでは飽き足らず、刃渡りは長くないがよく切れそうな薄い刃をした包丁を僕の喉元につきつけてきた。

「ヒッ！」

「今すぐ全部削除しろ！」

「できないんです」

「できないはずはないだろう。今から掲載されるものは止められるはずだ。週刊誌だって新聞だって、苦情が来たら記事を止められる」

「できません。ＩＤとパスワードが分からないんです」

「そんな馬鹿な！　困るんだよ」

「いったい何が困るんですか？　あなたは麻美にどんな弱みを握られているんですか？」

「分からない」

そんなはずはない。なにか重大な、すべてを失うような秘密を暴露されると思ったから、こんなところまで来たはずだ。

「佐々木さん、僕にはできません。麻美が行方不明になってから、あのブログには何度もログインしようとしたんです。でも……」

あることがひらめきはした。しかし、そのひらめきを佐々木絵美の父親のために使う気にはなれなかった。

「でも、できなかったんです。麻美はあなたが思っていることとは違うことを書いている可能性だってあるはずだ」

「そんなはずはない」

「どうしてそんなことが言えるんですか」

「信じられないことだが……。絵美が書いた昔の日記がネット上にある。あの四人だけが見られるよう設定されていた日記だった。その日記を見るように森林麻美はメールしてきた」

「白い鳥籠事件は、もしかして、あなたの娘さんが言い出したことなんですか？　全員で毒を飲もうとした？　それともあなたの娘さんが麻美以外の全員を殺した？」

「そこまでは分からなかった。でもあの日記には……」

佐々木がひるんだ瞬間に僕は包丁を取り上げようとした。

手から叩き落とそうとしたが、思いのほか佐々木は力が強く、揉み合いになる。

「あっ！」

包丁が僕の頬をかすめた。火がついたように頬が痛み、思わずうずくまる。

「早く、早く、あの小説を消すんだ！」

殺されるかもしれない。

そう思った瞬間に僕のスマートフォンが鳴った。慌てて消そうとしたけれど、手が滑って指先が通話に当たってしまう。スマートフォンは僕の手から落ちて床を滑った。通話はスピーカーになっていた。

「正隆さん、『白い鳥籠の五羽の鳥たち』が結末まで掲載されました。森林先生は毒殺魔なんかじゃありませんでしたよ。これなら……。正隆さん？　聞こえますか？」

沙織の声だった。通話を切ったのは僕ではなく佐々木だった。

通話を切ると佐々木は包丁を床に落として、膝から崩れ落ちて、獣のような咆哮《ほうこう》をあげながら泣きはじめた。

僕は包丁を拾い上げると、窓を開けて、外に放り投げる。

佐々木はもうこちらに何か攻撃する気はないようだ。時限爆弾が爆発してしまって、もうどうすることもできないようだった。

僕は自分のスマートフォンを拾って一一〇番通報するふりをした。

その声に気づいて、佐々木はようやくのろのろと出て行った。

佐々木が出て行ったのを確認して玄関に鍵をかけると、僕はその場に座り込んだ。

そして、今さらながら恐怖がせり上がってきた。

殺されるところだった。

何もしていないのに、身体が小刻みに震える。寒さのせいもある。

いったい佐々木は何をしたというのだろう。

僕は震える身体を抱きしめるようにさすりながらリビングに戻ると、片づけていたノートパソコンを出して、麻美のブログを開いた。「最終章」と書かれた見出しが目立っていた。

僕は喉を鳴らして何かを飲み込んでから、ゆっくりと『白い鳥籠の五羽の鳥たち』の最終章を読みはじめた。

白い鳥籠の五羽の鳥たち【最終章】

姫上女学園高校に入学してから、三度目の春がやってきた。威圧感さえ覚えていたあのガラス張りの円柱のような玄関ホールを綺麗だなとは思っても、もう緊張を強いられることはなくなり、私の中で玄関ホールはすっかり日常の風景に変わっていた。

三年生の教室は、四階ではなく一階になった。三年生は一番移動が少ない場所を与えられる。そういう意味合いらしい。クラス分けは二年生からの持ち上がりなので私は今年も友梨香と同じクラスで、他の三人はまた三人で同じクラスだった。帰りのホームルームで始業式の翌日に行われた実力テストの結果が返却された。

「はーい。今から返します。出席番号順に取りに来て」

担任教師がそう言い、次々に生徒たちが結果を受け取りに行く。出席番号が私よりひとつ前の友梨香の後について取りに行った。自分の席に戻って結果を見る。まあだいたい予想通りだ。

帰る支度をしようとしたら、友梨香が私の前の席から後ろを向く。その表情は悲愴《ひそう》感でいっぱいだ。

「麻美、どうだった?」

「まあまあかな?　友梨香は?」

「まああって、麻美のまあまあは私の最高だと思う。私はまたこれで家庭教師の先生、替えられちゃうかも。もう何人目だと思う？　私の成績が伸びないのは先生たちのせいじゃないのにね」

「友梨香はさあ、本当はどうしたいの？　もしも、親が自由にしていいって言ったら、何がしたい？」

「………スト」

「え？」

友梨香の返事は消え入りそうだったから思わず聞き返した。

そう言った友梨香の顔は耳まで真っ赤だった。本当の夢を話すのには勇気が必要だったのだろう。

「ネイリストになりたい」

「友梨香ならなれるよ」

友梨香が美術の授業で描いている絵は、絵心がなく美術に詳しくない私が見ても目を見張るものがある。夏祭りの様子を描いた絵は人物が今にも飛び出しそうなほど生き生きとしていたし、花束を描いた絵は花の香りがこちらに漂ってきそうだった。美術の先生はいつも友梨香を褒めていたし、文化祭や体育祭のプログラムや修学旅行のしおりのイラストだって、友梨香の描いたものが採用されることが多かった。私からすれば友梨香の才能を考えたら、ネイリストはむしろささやかな夢に思えた。

「ありがとう。麻美がそう言ってくれるの本当に嬉しい。でも、私はお医者さんにならないとだめだから」

こんな話をしてすぐに、友梨香が美術の授業で描いた絵が大きなコンクールでグランプリを受賞した。それは二年生の時の修学旅行で小樽《おたる》の自由行動を楽しんでいる私たちの一コマが描かれた絵だった。絵は額装され、三年生の教室が並ぶ廊下に飾られた。私と友梨香の教室の前だった。

「友梨香が入ってないのが少し残念だよね」

絵美がそう言うと友梨香以外の全員が頷く。

「だって、私から見たみんなを描いたんだもん。自分で自分は見えないよ」

「そこは美化して自画像を描けば良かったんだよ」

由樹がそう言うとみんなドッと笑った。私たちはこの絵が大好きだった。きっと描いた本人の友梨香もそうだったに違いない。今、この絵はどこにあるのだろうか？　もしかしたら、当時の美術の先生が保管してくれているのではないだろうか？　美術の先生は友梨香の才能の一番の理解者だったから。コンクールに友梨香の絵を推薦したのもその先生だった。残念なことに、友梨香の両親がこの絵のことを思い出すことはないだろう。

一学期がもうすぐ終わるころだった。

私は廊下に用意された椅子に座り、教室の前で三者面談の順番待ちをしていた。隣には藤花園の先生が座っていた。進路などに関わるこういう時は藤花園の先生が来てくれる。

「麻美さんは姫女に行ってから変わりましたね」

藤花園の先生方はみな口々に笑顔でそう言った。私はみんなと仲良くなる前はたぶん大人からすれば、どこか投げやりな部分があったと思う。大学に進学することを考えていると言った時、藤花園の先生方は喜んでくれた。藤花園の先生と小声で話していると教室の中から男性の怒鳴り声と女性の甲高い声が聞こえて、私の身体は硬直した。

「友梨香、どういうことだ。医学部に行きたくないなんて！」

「そうよ。友梨香ちゃん。今までどれだけあなたのためにしてきたと思ってるの！　浪人したっていいんだから」

私の前に三者面談を受けているのが友梨香だということをこの瞬間に思い出して、私は膝に置いていた手をきつく握りしめた。友梨香がようやく自分の気持ちを打ち明けたのに、友梨香の両親はそれを拒否している。それが悔しくてたまらない。

教室の引き戸が開いた瞬間、私はこぶしを握りしめたまま友梨香の両親の前に立ち塞がった。友梨香の両親はその身なりの良さでも十分相手を威圧できる雰囲気だ。初夏でもきっちりと結ばれた父親の高そうなネクタイやほとんど拒絶の印象を与える母親のネイビーのツーピース。服装は武装なのだと実感させられる。ふたりは怒鳴り散らしたばかりの不機嫌さを隠そうともせず、立ち塞がる私に怪訝《けげん》な様子を見せたが、それでも私はつとめて笑顔を絞り出した。

「友梨香のお父さんとお母さんですか？　友梨香の絵、もう見ましたか？　そこに飾ってあるんです」

私が指さしたほうをふたりとも見たので私はこう続けた。

「コンクールでグランプリだったんですよ。すごいですよね。このコンクール、二年もグランプリの作品はなかったそうなんです。友梨香の絵、本当にすごいと思います」

この人たちには日本語が通じないのだろうか？　と疑いたくなるような沈黙の後に友梨香の父親はこう吐き捨てた。

「絵なんて描いてなんになるって言うんだ」

怒りで私のお腹は煮えたぎるように熱くなった。父親はあの絵の前を通りすぎていく。それに続いて友梨香の母親はじろじろと頭からつま先まで私を舐めるように見た。

「あら、あなた藤花園の子なんでしょう？」

人生が不公平なものであることなど、物心つくころには熟知していたというのに、それでもまだなお私にそれを思い知らせたい、心のみすぼらしい人が時折現れることに、私はいつも辟易《へきえき》させられる。

残念ながら友梨香の母親はその心のみすぼらしい人だった。私は友梨香の母親にありったけ何か言い返そうと思ったけど、今にも泣き出しそうな友梨香の顔が目に入り、奥歯を嚙みしめた。母親はもう私の存在などなかったかのように父親の背中を早歩きで追いかけていた。友梨香が私の前で手を合わせる。

「ごめんね。麻美。私はそんなつもりで言ったんじゃ……」

友梨香が母親にした私の話から母親が受け取った情報が「藤花園」だけだったことはとても残念だけれど、それは友梨香の罪ではない。

「分かってる。また、あとでね」

私たちの間ではもうすっかり「また、あとでね」は、あのSNSの日記で話そうという意味になっていた。

友梨香はゆっくり頷いてから母親が呼ぶ声に顔を上げ、逃げるように走り去る。私にできたことは揺れるポニーテールを見送ることだけだった。


その日の夜、日記は友梨香の話で持ちきりだった。友梨香がなかなかコメントを書き込みに来ないので、もしかしたら私が余計なことを言ったせいで、あの両親からまたお説教をされたり、家庭教師の時間を増やされたりしているのかもしれないと心配だった。

そんなコメントをやりとりしていると、私は絵美の様子がなんだかおかしいことに気づいた。たかだかコメントと思われるかもしれないけれど、時には表情や声より本人の心の異変を物語ることだってある。

誰だって時には気のない返事になることもあるとは思う。でも、絵美に限ってこんなに「うん」とか「そうだね」とか聞き流しているようにしか思えない返事を繰り返すなんてあり得なかった。

違和感が不安に変わりはじめた私は絵美にこう尋ねた。

【麻美】絵美、どうかしたの？　なんか具合悪い？

【絵美】え？　どうして？

【麻美】なんか上の空みたいなかんじがしたから。

【絵美】すごいなあ、麻美は。ごめんね、友梨香。

友梨香がようやく現れたところだった。

【友梨香】絵美、謝らないで。ねえどうしたの？

絵美は私たちが想像しなかった爆弾を落とした。

【絵美】私ね、妊娠しているみたい。

私たち五人には誰にも彼氏がいない。女子校だったというのも大きかったけど、積極的に他校の男子や、中学校の異性の同級生などと交流するグループとは一線を画していたはずだ。悲しいことに私たちはそれどころではなかった。でも、誰か好きな人ができたり、彼氏ができたりしていたなら、そのことだって隠すことなく共有していたに違いない。そんな情報も経緯もなく、突然もたらされた絵美の「妊娠した」という話に、私だけでなく他の三人も時間が止まったように何も書き込むことができなくなった。

それでも私は少しでも希望があればいいと祈るような気持ちでこう書き込む。

【麻美】それって、好きな人の子ども？

そのコメントに絵美はすぐに返信した。

【絵美】違うよ。好きな人なんかいないもん。好きな人の子どもだったら良かったのにな。もう私、死んじゃいたい。

私たち四人の頭の中にはそれぞれ、絵美のお腹の子どもの父親は誰なのかという疑問でいっぱいになったと思う。きっと私以外の三人は、絵美はひょっとしたら見知らぬ男にレイプされたのではと考えていたのかもしれない。三人はコメントを書き込めずにいた。要するに口を噤《つぐ》んでいたのだ。

けれどもこの時私には、他の三人とは恐らく違う考えが浮かんでいた。

この質問にはなかなか返信が来なかった。でも、私にはそれがほとんど答えのような気がしていた。物心つく前から藤花園で育った私にはプライバシーはほとんどなく、私が死にぞこないだったということも、私が知らないうちから、他の大人や他の子どもたちは知っていた。私にプライバシーがほとんどなかったということは、裏を返せば他の子どもたちにもなかったということになる。

【麻美】知っている人なの？

色んな子どもたちがいた。

両親を事故や病気で亡くして身寄りがなかった子どももいれば、私のように親から暴力的な虐待を受けていた子どもや、食事を与えられずに餓死しかけていた子もいた。そして、身内から性的虐待を受けていた子もいたのだ。

性犯罪というものが殺人と同じように親族間で起きることがあるということを、私はこの時既に知っていた。

【絵美】そうだよ。

絵美がようやくそう答えた時、私の身体は怒りに支配されたようにカッと熱くなった。

私は絵美と出会うまでは友情というものを知らなかった。自分が誰かと寄り添ったり、笑い合ったりすること、そして、悲しみや怒りや痛みを分かち合ったりすることが自分にできるだなんて思いもしなかった。

私の感情面は確かに幼かったのかもしれない。

でも、だからこそ、絵美を傷つけ、苦しめている人間を許すことができなかった。

【麻美】その男は誰なの？　私がそいつを殺してあげる。

本気だった。そして、他の四人も私が本気で人を殺すと言っていることを疑わなかったと思う。

【絵美】麻美、お願いだからそんなこと絶対にしないで！　私、麻美に殺人犯になって欲しくない！

【麻美】でも、そいつは今も絵美の近くにいるんじゃない？

【絵美】私そんなこと言ってないよ？

【麻美】でも、そうなんでしょう？

【絵美】ごめん。言わなきゃよかった。

【麻美】むしろ、もっと早く言ってよ！　ねえ、絵美。私、絵美のためならなんだってやれるよ。何か私にできることはない？

絵美は私のそのコメントには返信せず、しばらくすると友梨香が空気を変えてくれた。

【友梨香】ねえ、私たちで何か問題を起こそうよ。私も、もう限界。私がお医者さんになんてなれっこないよ。今日ね、集めていたネイルも描いていた図案も全部捨てられたんだ。

【由樹】勝手に捨てるって酷いね。うちも相変わらず酷いよ。お母さんとおばあちゃんをふたりきりにできないから、私は他県に進学できないかもしれない。

【奏】私は進学の話をしたら、律の分まで稼げる仕事につきなさいって言われたよ。親が死んだら私が律の面倒を見るのがあたりまえなんだって。

【麻美】だったらみんなで事件を起こそうよ。それで私たちの現状が酷いことがアピールできたら大人だって少しは変わるかもしれないし。少なくとも困るんじゃないかな？

【友梨香】どんな事件？

私の話に友梨香が食いついた。おそらく、友梨香は男を殺すという考えを私に手放して欲しくて反応が早かったのだろう。

【由樹】麻美、殺すっていうのはなしね。

【麻美】うん。本当はそうしたいくらいだけどね。

【奏】どんな事件にするの？

【麻美】集団自殺とかどう？

【友梨香】この五人で死ぬっていうこと？

【麻美】本当に死ぬわけじゃないよ。五人で狂言自殺をするの。

こんなやりとりの末、私たちは学校で集団狂言自殺をすることにした。私が言い出して、シナリオを書いたようなものだった。計画の実行日を七月三十日に決めたのは、予備校の夏期講習がはじまる前がいいという友梨香のリクエストに応えた結果だ。

みんなが抱えている問題がどれだけ酷いことなのかを思い知らせてやりたかったし、おおごとになればいい、周りにいる大人たちがみな青ざめて反省すればいいと思っていた。

けれども、本当に死んでしまっては意味がないので集団狂言自殺をする場所は夏休みの教室に決めた。夏休みでも吹奏楽部の練習は正午まであるので、音楽室から教室の前を通って玄関ホールに向かうはずの吹奏楽部の部員か顧問の教師に現場を発見させれば、間違って死ぬようなことはないだろうと考えたのだ。

こうして私たちは夏休みがはじまって間もない七月の終わりに五人で絵美たちの教室に集まることになった。


七月三十日は晴れていた。夏のはじめの空の青さに胸が高鳴る。朝でも目を刺すような日差しの強さと、耳がおかしくなりそうなほどの蟬《せみ》の声を背に、私は学校から一番近いコンビニに向かった。

「麻美、遅いよ」

私を見つけた奏は背伸びして私に手を振っている。他のみんなはもうコンビニの前にいて、私は待ち合わせの最後のひとりだった。コンビニに入ると由樹がかごを持ったので、私たちはそのかごにお菓子やジュースを入れてレジに並ぶ。会計がもう少しで終わる直前に、友梨香が「あ！　ちょっと待って！」と言って文房具が並んでいる陳列棚から何かをさっと手に取り戻ってきた。

「ねえ、これもいいかなあ？」

友梨香が手にしていたのは修正液のボトルだった。

「いいけど、何に使うの？」

「前からやってみたかったことがあるんだよね」

友梨香はいたずらっぽく微笑む。

コンビニを後にし、ガラスの円柱のような玄関ホールを抜けて教室に入った。エアコンを点けようとする奏を止める。室外機が回れば今ここにいることが誰かにバレてしまうかもしれない。計画の実行の妨げになる可能性は排除したかった。

教室の近くの音楽室から、吹奏楽部がそれぞれのパートを練習している、楽器の雑多な音が耳に飛び込んできた。予定通りだ。

吹奏楽部の部活動は正午に終わる。きっと見つけてもらえるはずだ。

私たちは掃除をする時のように机を全部後ろに下げると、その広くなった床に友梨香が私が見たこともないほど大きな花柄のタオルケットを敷く。赤にピンクに黄色に白。様々な色の花が描かれており、まるで教室の床一面にお花畑が広がったみたいだ。

私たちは思わず「ほう」と、うっとりため息をついた。それほど見事なタオルケットだった。

私たちはそのタオルケットのお花畑の中心に、買い込んできたお菓子やジュースを置いて輪になって座った。

「なんだか狂言自殺というより、お花見みたいだね」

絵美の声はとても明るく、はしゃいでいた。絵美だけではない。全員が、奏も行くことができた修学旅行の時よりもはしゃいでいた。私はそれを素直に全員で悪巧みをすることへの興奮だと思っていた。この時の私の気持ちはそうだったから。

「ねえ、私、前からみんなのケータイにおそろいで何か描きたいと思ってたんだけど、いいかな？」

友梨香がそう言うと、全員が友梨香にケータイを差し出す。

「だからコンビニで修正液買ったんだ?」

「うん」

私の問いかけに頷いた友梨香はまず絵美のケータイから描きはじめた。友梨香は修正液をポッンと一滴ケータイの裏側に落とすと、ヘアピンをペンにしてするすると繊細な線で白い優美《ゆうび》な鳥籠とそこから飛び立とうとする小さな小鳥の絵を描いていく。

「すごい、修正液でこんなレースみたいに描けるんだね」

絵美が目を丸くして驚く。絵美に褒められて照れくさかったのだろう、友梨香の頬がふんわり赤くなった。

私たちはお菓子を食べたりジュースを飲んだり、他愛のない話をしながら友梨香の絵ができあがるのを待った。そうとは決めていなかったけれど、示し合わせたかのように、いつものそれぞれの悩みは少しも話さなかった。

友梨香が最後に自分のケータイに白い鳥籠をようやく描き上げると、全員のケータイが一斉に震えた。同じ時間にアラームを設定していたのだ。

「小鳥が飛び立つみたいだね」

震える五つのケータイを見て奏が笑った。

それぞれが自分のケータイのアラームを止めると、友梨香が全員に目配せをして全員でそれに頷いた。そして、友梨香はスクールバッグからプラスチックのボトルを取り出して、中身をみんなの手の平に配りはじめた。ボトルに入っていたのは友梨香が自分の家の病院の薬品庫から盗み出していた睡眠薬だ。

飲んでいたジュースがなくなった私は、ペットボトルを開けたばかりの絵美の飲み物に手を伸ばした。絵美はさっとペットボトルを私から隠すように遠ざけて、レジ袋を指さす。

「麻美、そこにまだ開けてないジュースあるからそっちにしなよ」

私たちは普段回し飲みもしょっちゅうしていたから、絵美の動作に少し違和感があったけど、片手いっぱいの錠剤を見て素直にレジ袋から違うジュースを取り出した。

友梨香が全員に睡眠薬を配り終えて、それぞれが飲み物を持つと全員で目配せをし、一斉に片手いっぱいの睡眠薬を飲みはじめる。こんなに大量の錠剤を飲むのは初めてで、錠剤が喉の奥に貼りついて、詰まるような感覚をジュースで飲み下した。

絵美がやけにむせていたので「大丈夫？」と声をかけようとしたら、絵美はむせながらも薬と飲み物を全部飲み干して、ほんの数秒で友梨香が敷いたタオルケットの上に倒れた。

なんだか様子がおかしい。

私はすぐに絵美のそばに駆け寄り、顔を近づけると息をしていたので安心する。自分も徐々に眠くなっていたから、きっと絵美は効き目が早かったのだろう。じわじわと視界が狭くなってくるような感覚が訪れていた。その狭い視界の中で、由樹が泡を吹きながら膝から落ちるように倒れ、友梨香はゆっくりとその場でうつ伏せになった。一番様子がおかしかったのが奏だ。奏は喉を掻きむしりながらその場にうずくまりタオルケットの上を這うようにもがいている。まるで殺虫剤を噴射された虫のようだ。

睡眠薬を少し多めに飲んだだけなのにどうして？

何かがおかしい。

私はもがき苦しむ奏の近くへ行こうと歩き出したけれど、足がゼリーになったみたいにぐにゃぐにゃでまったく力が入らなくなっていた。

「か……な……で……」

次の瞬間、私の視界は真っ暗になった。


——オーバードーズで胃洗浄。女子高生五人、集団自殺か。


新聞や週刊誌にこんな見出しがつけばいいと思っていた。実際についた見出しもこんなかんじだった。教室で倒れている私たち五人を発見したのは最初から予定していた通り、吹奏楽部の部員のひとりで、すぐに顧問の教師が救急車を呼んでくれたらしい。計画通りに見つけてもらえば絶対に死ぬことはないはずだった。私たちは致死量の睡眠薬を飲んでいない。これはあくまでも狂言自殺で、目覚めてからみんなの人生が少しは変わればいい。

それだけだったはずなのに……。

病院で目覚めることができたのは私だけだった。

白い天井が目に入った瞬間、成功したのだと思った。私は早くみんなの無事が知りたかったので枕元をまさぐってナースコールを鳴らした。慌ててやってきた看護師にこう尋ねた。

「あの、みんなは？」

若い看護師は苦々しげにこう言った。

「助かったのはあなただけ」

「え？」

「生きたくても生きることができない人もいっぱいいるのに、十代で健康なあなたたちがこんなことをするなんて……」

その先の言葉は我慢してくれたみたいだったけど、若い看護師は明らかに私に対して怒りを剝《む》き出しにしていた。でも、私はそれどころではなかった。

みんなが死んだ？　どうして？

看護師にみんなに会わせて欲しいと頼んだけど、もう家族に引き取られたと言われてどうすることもできなかった。

看護師に言われたことが信じられないまま一日が過ぎ、翌日刑事が事情聴取に来た。刑事のスーツから煙草《たばこ》の臭いがして胸がむかむかした。

「集団自殺をしようと言い出したのは誰なんだ？」

「私です。狂言自殺をしようと言ったんです」

この返事のせいで私はあたかも事件の首謀者のように扱われ、生き残ったように見せかけて、本当は他の四人を殺したのではないかと詰問を受けることになった。

私が同じことを何度も繰り返し話していると、電話が鳴り刑事は誰かと話しはじめた。しばらくすると電話を切り、そこから刑事の態度が明らかにやわらかくなった。

「どうやら君が犯人ではないようだ」

「どういうことですか？」

「彼女たちは君とは違って確実に死ぬ用意をしていたんだ」

「確実に死ぬ用意ってなんですか？」

「みんな、睡眠薬以外のものを飲んでいたんだ。佐々木絵美は高濃度の酒を飲んでいた」

すーっと身体が冷たくなる。あの時の違和感に間違いはない。絵美が私から自分の飲み物を遠ざけ、激しくむせていたのは中身がジュースではなかったからだ。

「山本由樹は致死量を超える市販の風邪薬。藤田友梨香は君が飲んだ量の三倍の睡眠薬を飲んでいたよ。そして、かわいそうに。福原奏は祖父母の家にあった農薬を飲んでる」

奏の苦しみ方がおかしかった理由が分かったところでなんの慰めにもならなかった。私の頭の中はただただ「どうして？」でいっぱいだった。

「どうやら、君が知らないところで四人は死ぬつもりだったということなんだろうね」

刑事にそう言われて私の胸は張り裂けそうだった。お花畑を広げて、友梨香が描いた白い鳥籠と鳥をうっとり眺めて、睡眠薬をみんなで一緒に飲んだあの瞬間。

直前まで楽しくおだやかにすごしたあの瞬間。私だけがみんなと違うことを考えていたただなんて絶対に認めたくない。

「私も死にたかったです」

私がそう言うと刑事は何を思ったのか命の大切さを説きはじめた。さっきの看護師とは比べものにならない、とても薄っぺらい言葉ばかりが並べ立てられて、内心呆れていたけれど熱心に聞くふりをした。

みんなが睡眠薬以外のものを飲んでいたことは、事件に影響されて真似をする子どもがいてはいけないということで、詳しくは公表されなかった。そのくせ狂言自殺を言い出したのは私だという情報は公表されていた。そのせいで、刑事が最初に言ったように私が四人を殺したのだと言う人もいたし、そんな内容の記事もあった。でも、四人が死んでしまったという事実に関しては私自身もそう感じていたことだったから責められても仕方のないことに思えた。私が「集団狂言自殺」などと言い出さなければ、今も四人は生きていたのかもしれない。その罪悪感は日がたつにつれ大きくなっていった。それと同時に私ひとりをのけものにして、四人に裏切られたのだという怒りも熾火《おきび》のように静かに燃えていた。

皮肉なことに、最初に計画していた以上に死んだ四人の事情はマスコミに暴かれることになった。

奏は近所の人や学校関係者、そして兄の主治医などから、兄しか見ていない両親に兄の面倒を見るようきつく言われていたなどの証言が出ていた。奏のつらい状況を見て知っていて、何もしない人たちがいたことが私には信じられなかった。奏の絶望は私が思うよりずっと深かったのだ。

それは由樹も同じだった。由樹の祖母は認知症になってから徘徊《はいかい》が酷く、そのことは近所でもしょっちゅう話題になっていたようで、由樹が学校を休んでまで祖母の面倒を見ていたことも近所の住人のほとんどが気づいていた。

友梨香に関しては友梨香の家庭教師だった数人や担任教師や美術教師などから、将来についてかなり悩んでいたという証言が集まっていた。

腹立たしいことに絵美は妊娠のことだけが取り沙汰されていた。妊娠をして男に捨てられたことを悲観したのだろう、などという好き勝手な想像に虫唾《むしず》が走った。他の三人のことは隅々まで暴かれているのに身近な人間からの性的虐待はこんなにも露見しないものなのだと痛感した。

私は病室のテレビで何度も繰り返される自分たちのニュースに心がどんどん凍っていった。誰も彼も勝手なことを言い、四人は死ぬことはなかったと言う。でも誰も彼も、どうすれば奏と由樹と友梨香が家から逃げ出せたのかを教えてはくれなかった。

そして、絵美の性的虐待の被害が露見していたとしても、それだって誰が絵美を救ってあげられただろう。

きっと絵美にも誰もいなかった。

「私が殺してあげるって言ったのに……」

あの時、行動していればもしかしたら絵美だけは私が救えたのかもしれない。

様々な感情で混乱しながらも私は回復し退院することになった。

退院してからも元の生活には戻れるはずもなかった。たったひとり生き残った私のプライバシーにマスコミが踏み込んできたのだ。藤花園にも姫女にもいられなくなった。

県内の他の施設に行くことになり、転校させられることになった。事件から逃げ出すように新しい生活をはじめるしかなかった。でも、それはきっと私以外の四人が望んでいたことで、それを思うと切なくて、残ってしまった夏休みはひたすら受験勉強に打ち込んだ。

勉強していると何も考えなくていいのが楽だった。ふと我に返るとすぐに空《むな》しさと罪悪感が胸の中を錯綜《さくそう》してしまう。そして、四人への怒りでちりちりと自分が焦げてしまうのだ。二度と友だちなんかいらない。こんな風に裏切られるなんて。こんな風にひとりだということを、今さら思い知らされるなんて。

私の怒りは私自身を傷つけていた。

虚《うつ》ろにすごしていると、施設に刑事がやって来た。事件から一ヶ月以上が過ぎていた。

施設の食堂に呼び出されて話をすることになった。暑かったのだろう、刑事は施設の先生が出した麦茶をごくごくと喉を鳴らして飲んでいた。

「なんの用ですか?」

「返すのが遅くなってしまって、すまないね。これは君のだろう?」

テーブルの上に置かれたのは、絵美と色違いの私のケータイだった。スカイブルー。

——ふふっ。スカイブルーの空に白い鳥が飛んでるみたいだね。

絵美がくすくす笑いながら私の耳元でそう言うのが聞こえる。記憶が洪水のようにあふれた。震えながらそっとケータイに手を伸ばす。友梨香の描いた白い鳥が光っていた。息ができなくなるくらい胸が痛い。

「大叔母さんが援助してくれることになったそうだね」

「はい」

事件のニュースで私の存在を知った大叔母が私の学費を負担してくれることになった。自分だけが受ける予定もなかった恩恵にあずかることになったことも私の罪悪感をより濃くしていたのに、刑事は本当に良かったと何度も繰り返して施設を去って行った。

刑事が帰ると私は施設のすぐそばを流れる川の河川敷に向かった。

もうヒグラシが鳴いていた。茂みになっている雑草のにおいが押し寄せてむせかえるようだ。雑草の強い生命力を感じてますます切なくなる。河川敷に下りると水際にぎりぎりまで近づいてみた。川の流れる音が心地よく、もう、いっそこのまま川の中に吸い込まれてしまいたかった。ケータイを開き電源を入れると待ち受けにしていた写真を見る。

修学旅行の宿で撮った写真だ。パジャマ代わりにのし袋を着ている私以外の四人の写真だった。写真が見えなくなるくらい涙があふれる。

どうして？

みんなにそう聞きたかった。

私はケータイを畳んで川に投げ込もうと右手を振り上げた。何度も何度も振り上げたけど、どうしても投げることができない。

私はその場にうずくまりもう一度ケータイを開いて、自分の日記を見るためにＳＮＳにログインする。

ふと、そういえば刑事もマスコミも私たちのこの日記のことを一切尋ねなかったことに気づいた。大人はこれを見ていないのだ。

そして、これからも見つからないだろう。

ログインすると未読のお知らせが四件表示されていた。

まさか……。

私は恐る恐る一番上のお知らせを開く。

それは奏の日記だった。更新日時は七月三十一日。事件の翌日。四人は全員日時指定の予約投稿をしていたのだ。


【奏】

驚かせてごめんね。みんながこれを読むころにはきっと私は死んでると思う。

お母さんにね、律のためにもっと我慢しなさいって言われたの。お母さんだって我慢してるんだからって。確かにお母さんは律が生まれてから大好きだったピアノ教室の仕事もやめて、律のこと育てなきゃいけなかったのはかわいそうだと思う。でも、私ってなんなのかなあって、聞いたんだよ。私を産んだのは律のためなんだって。だからお母さんが死んだら、私が律の面倒を見るのがあたりまえなんだって言われた。そんなの無理だって思ったんだ。狂言自殺の話が出た時、それだけじゃあ大騒ぎにならないかもなあとも思って、自殺するならこの日にしようって思った。ごめんね。

怖かったよね。でも私、せめてみんなのそばで死にたかったんだ。みんな、大好きだよ。ありがとう。

「せめてみんなのそばで」。どんな気持ちで奏はこれを書いたのだろう。奏の人生は奏だけのものだと、もっと言ってあげればよかった。どうやったら逃げ出せるか私なら考えられたかもしれない。

そんな風に後悔が押し寄せる。

私は二番目のお知らせを開く。

今度は由樹の日記だった。

【由樹】

みんな無事に目覚めたかな？　驚いたよね。みんなに迷惑かけてないか、それだけが心配です。

陸上部をやめたころから、うちは地獄みたいになってしまった。もちろん、おばあちゃんがぼけちゃって大変なのもあるけど、お母さんにとって一番の問題はおばあちゃんがぼけちゃったことじゃなくて、お父さんが単身赴任先で女の人と暮らしてることみたい。おばあちゃんはお父さんのお母さんなのにね。お母さんのおばあちゃんへの態度はぼけているおばあちゃんのせいじゃなくて、お母さんのお父さんに対する復讐なんだと思う。

きっと私に対しても復讐したいんだと思う。だって、私の半分がお父さんでできていることは間違いないから。夏休み前の三者面談でお母さん、先生に「私を休学させる」って言ったんだ。私、理不尽すぎて何も言い返せなかった。お母さんが本気で言ってるのだけは分かったよ。休学っていつまでさせると思う？　きっとおばあちゃんが死ぬまでだよ？　なにより、みんなと一緒に卒業できないなんて耐えられないと思った。

本当にごめん。私ももっとみんなと……。ごめんね。ありがとう。みんな大好きだよ！！！


大人に時間も好きなことも奪われた由樹。学校に行くことさえも奪われようとしていたのだ。後から後から涙がこみ上げ、私はそれを拭って三番目のお知らせを開く。

三番目は友梨香の日記だった。


【友梨香】

みんな、びっくりしてるかもしれないね。ねえ、タオルケット素敵だったでしょう？

馬鹿みたいな少女趣味だと思われるかもしれないけどさ、私、死ぬなら満開の花畑で死ねたらいいなと思ってたんだ。でも実際はそんな場所で死ねないしね。だったらせめて何かそういう雰囲気のものの上で死にたかったんだ。みんなのケータイに絵を描こうと決めていたのは、せめてそれだけでもみんなのそばにあるといいなと思ったから。気に入ってくれるといいな。

私ね、お医者さんになんかなれないって、最近はちゃんと両親に言うようになったの。そうしたら、今度はなんて言ったと思う？　私が医者になれないんだったら、医者と結婚しろって言い出したんだ。沢山お見合い写真を持ってくるようになった。すごいおじさんばっかり。私ね、親に大切に育ててもらったと思う。でも、ふたりには私がどうしたら幸せになれるかはどうでもいいことみたいなんだ。もう、疲れちゃった。もう一度みんなの絵が描きたかったな。あの絵が描けて本当によかった。みんな、ありがとう。

私は友梨香を知る前に抱いていた劣等感のことを思い出して、恥ずかしかった。友梨香は本当に欲しかったものは与えられずに育ったのだ。

深呼吸をして最後の新着お知らせを開く。

最後はもちろん、絵美の日記だった。

【絵美】

みんな、ごめんね。麻美はきっと今ごろ怒り狂ってるんじゃないかな、と思う。正直に言うと麻美が「殺してあげる」って言ってくれた時、一瞬だけ迷ったんだよ。麻美なら本当にやってくれるだろうなとも思った。でも、それで麻美の未来を奪うのが私になるだなんて、絶対に無理だと思った。こんなに汚れている私のために麻美が犠牲になるなんて、許されるはずがないから。私ね、小さいころから、父親によく身体を触られてたんだ。お風呂もずっと一緒に入ってた。それがあたりまえだと思っていたから、気にしてなかったんだ。中学校の時かな？　芸能人の誰だったか忘れたけど、大人になってもお父さんとお風呂に入ってるって話をしてた人がいて、クラスでその話題になって、みんなが気持ち悪いって言ってて「あれ？」って思ったんだよね。その時から、急に自分のしていることが気持ち悪くなったんだけど、父親にそう言うとさも悲しそうに泣かれたんだ。そこで私の嫌だはねじ伏せられてしまったんだと思う。最初は中二の夏だったと思う。もう、よく覚えていないんだけど、そのころ初潮があって、それからはじまったような気がするから。母親もそのころ、家を追い出されてる。家の中には父親と私ふたりだけ。嫌だとはどんどん言えなくなっていった。だって、嫌だと言うと父親は私から色んなものを取り上げてしまうんだもん。何かと引き換えにって売春みたいだよね。もう、そう思うことにしたんだ。汚いよね。できるだけ、遠くに進学しようと思ってた。でも、妊娠して当然中絶させてくれるだろうと思ったのに父親は「産めばいい」って言った。ああ、と思った。父親は私をこの地獄に閉じ込めるつもりなんだって。

せっかくの麻美のアイディアをこんな形で利用してごめん。でも、このことは誰にも言わないで欲しいし、麻美、お願いだから人殺しにはならないで。私、本当に四人と友だちになれてよかった。こんな汚い嘘つきだけど、みんながこれからも私のこと友だちだと思ってくれたら嬉しいな。ごめんね。みんな大好きだよ。バイバイ。

絵美が時折浮かべていたあの憂い顔は悲しみと苦しみと怒りを封じ込めた顔だったのだろう。こんな地獄にいて誰より優しかった絵美。

私だったら世界のすべてを呪ってやったのに。私は嗚咽をあげながら泣いた。

私は誰にも裏切られていなかった。

私は親に愛されていない自分が不幸だと思っていたけれど、誰より自由だったのは私だ。

私が集団狂言自殺をしようと言ったせいで、四人はこの日に死ぬことを決めてしまった。自分のせいで四人を失った。

私はきっと本当の意味で死にぞこないになってしまったのだろう。

涙は涸《か》れることなくとめどなく流れ、私の頭はずきずきと痛む。

もう友だちはいらない。私には死んだ四人だけでいい。

いつの間にか夕日は沈み、黄昏《たそがれ》時の美しさが川の水面を満たしていて、それが私の心をえぐる。

あの四人がいない世界で私は生き続けなければいけない。それは重い罰でしかなく、そして、それが唯一私にできる贖罪《しょくざい》だった。

そっとケータイを閉じて、友梨香が描いた白い鳥を指でなぞる。

みんな飛び立ってしまった。私を残して。

うずくまり滂沱《ぼうだ》の涙を流す私を、私の心のように半分になった下弦の月だけが見ていた。

池上沙織【四】

『白い鳥籠の五羽の鳥たち』の最終章が掲載されてからすぐに、ひとりの男が死んだ。佐々木絵美の父親の佐々木信夫《のぶお》だ。森林先生のブログにほとんど中傷と言っていいコメントをしていたのもこの男だったということが、残された遺書から判明した。遺書では自分について書かれたブログの内容が事実であることを認めていた。

佐々木信夫の死により、ますます森林先生のブログは話題になった。編集部には電話やメールなどの問い合わせがさらに増えた。中には苦情もあったけど、それでも問い合わせのほとんどが『白い鳥籠の五羽の鳥たち』は出版されないのか？　という問い合わせだった。

出版するとなると多くのハードルが待ち構えている。実際の事件を事件の当事者が書いたのだからそのハードルの高さと多さを想像するだけでも気が遠くなったけど『白い鳥籠の五羽の鳥たち』は出版されるべきだろう。

あのあまりにも悲しい真実の結末と生き残った少女が小説家の森林麻美だったという真実は読者を惹きつけるに違いない。

正隆も出版したいと言っていた。

まあ、正隆があの作品を出版したい理由は明白だ。

お金だ。

彼には収入を得る方法がない。

正隆は結婚する前から創作活動をするという言い訳のもと勤めていた会社を辞めたらしい。それから十年以上は働いていない。

正隆の実家はわりと裕福だったようだけど、森林先生のブログに書いてあった通り、母親が有り金を全部はたいてしまったみたいだから、もう頼れない。

まともな人間なら、こんな状況に陥ればすぐに仕事を探すだろう。

でも、正隆はまともな人間とは言いがたい。東京のマンションを売ってしまったと噂で聞いた時に、働く気はないんだろうなと確信した。森林先生に脅迫されて、私は正隆に小説を書くように励ましたけれど、結局小説は書いていないのだろう。もし、書き上げられたのなら、意気揚々と私に読ませたに違いないのだ。

森林先生という金の卵を産むガチョウを失ってしまった今、森林先生が今までに産んだ卵を正隆が最大限に利用しようとするのは目に見えている。

胸が悪くなる話ではあるけど、私との利害は一致している。

私も『白い鳥籠の五羽の鳥たち』を形にしたいし、サイコガールシリーズのプロットをなんとしても手に入れて作品を完成させたいのだ。

そんな風に決意を新たにしたところだった。最終章がブログに更新されてから二週間たっていたから、もう森林先生のブログは更新されることはないだろうと考えていた。先生は私との約束を守ってくれたのだ。いつも通り忙しくしていたら、神永編集長に呼ばれた。

「池上、まずいぞ」

「え？　何がですか？」

「ブログ見てないのか？」

「あれから何か更新されたんですか？」

『白い鳥籠の五羽の鳥たち』の最終章がアップされた時点で、私はもう森林先生のブログの更新はないだろうと思って、通知を切っていたのだ。

「いや。今朝がた更新されていた。俺も気づいてなかったんだが、池上が担当している香坂《こうさか》先生から電話があった」

「香坂先生ですか？」

香坂美央子《みおこ》先生はおととし新人賞を獲ったばかりの新進気鋭の小説家だ。私と年が近いのでとても話が弾む仕事のしやすい人だ。

「香坂先生が森林先生のブログを読んでお怒りなんだよ。まあ、とにかく読め」

嫌な予感に血の気が引いた。森林先生は約束を守ってくれなかったのだろうか？　よく考えたら、言われた通りに正隆を励ましたけれど、彼は小説を書かなかった。それで私との約束を反故《ほご》にしたということ？　私は音が鳴りそうなほど奥歯を噛みしめてブログを読んだ。

脳内ストリップ

――森林麻美のオフィシャルブログ――

『白い鳥籠の五羽の鳥たち』

この作品が「白い鳥籠事件」の私にとっての真実です。どうして今まであの事件の関係者であることを隠していたのか？　だとか、どうして今さらあの事件のことを書く気になったのか？　という疑問を持たれる方もいると思います。

私は事件関係者であることを隠していたわけではありません。

私に事件関係者かどうかを尋ねる人がいなかったので、言わなかっただけです。四人の女の子たちが集団自殺した事件の賞味期限はとても短かったのです。

毎日のように残酷な出来事が起きています。悲しいことに、時間とともにどんどん上書きされてしまったのです。そして、ついに今まで誰も私に事件のことを尋ねる人はいませんでした。

どうして、今さらあの事件のことを書く気になったのかについては、もう私に残された時間がなかったからです。

死ぬまでにはあの時のことを小説にしたい、と小説家になってから考えていました。

私の命が終わるまでにはどうにか形にしたかった。私の友人の佐々木絵美さんに起きていたことを知って欲しかった。そして、私の素晴らしくて、悲しい友人たちの話を、誰にもしなかった話をしたかった。私の読者に彼女たちのことを知って欲しかったのです。

毒でしかない物語になってしまったかもしれません。

けれども、毒でしか癒やせない毒もあると思うのです。小説は思わぬところで誰かの役に立つことがあると私は信じています。

ここからは個人的なメッセージになります。

Iさんへ。

あなたは私とどうしても仕事の関係以上の関係になりたいと望んでいましたね。私の作品を愛してくれてありがとう。私の作品を読んで私自身に興味を持ち続けてくれていましたね。でも、私はあなたと友人や身内のようになりたいと望んだことはありませんでした。

あなたは越えてはいけない線を越えてしまったと思います。私に近づけないなら、私と同じ持ち物を持ちたいという考え方を理解はできます。私は行きすぎた憧れというものを抱いたことがありませんが、想像することはできます。そして、あなたは私に一番近い人間になりたくて、落とし穴を自分で掘ってみずから落ちてしまいました。

ある意味気の毒だとは思います。どうしてそうなったのかは私には手に取るように分かるからです。それがどうしてだかは、あなた自身によく考えてみて欲しいところでもあります。

こんな公開処刑みたいな形で申し訳ないけれど、一番いい方法がこれだったのでごめんなさいね。

いくら探しても、あなたと立ち上げたあのシリーズのプロットはあなたには決して見つけられないことを教えておきます。

きっと、あなたのことだから、血眼で私の仕事部屋の中を探っていることでしょう。

そろそろ、森林先生は本当はプロットを残していないのではないか？　と疑いはじめてもいますよね？

プロットはあります。でも決してあなたの手に渡ることはありません。

私のＰＣのパスワードをあなたは知っていますよね？　そのこと自体もかなり異常なことだと、そろそろ気づいたほうがいいと思います。

私は黙っていたけれど、他の小説家もそうするとは限りません。

もう一度言いますが、いくら私のパソコンや仕事部屋を自由に漁ってもプロットは出てきません。もう諦めてください。

そして、もう金輪際、私の作品に関わらないでください。

それが死を前にした私があなたに望むことです。

こうしてあなたに何かを書き残すのは迷いました。あなたのことだから、こんな酷い内容でも、私があなたへの遺書を残していたことをあなたは喜んでしまうのではないかとさえ疑っています。

そう感じるほど、あなたの行動は異常です。小説家と同化したいという願望があなたにはあるようですが、その願望は捨ててください。

人との距離感をもう一度考え直したほうがいいです。

あなたは本当に困った人ですが、私が言ったことを成し遂げてはくれました。そのことだけは感謝しています。

さいごになりましたが、
わたしの夫、正隆さんへ。

お母さんの事をちゃんと相談しなかったのは申し訳なくおもっています。正隆さんとお母さんの関係に嫉妬していたのかもしれません。

ブログの最初に
「わたしの死体を探して下さい」

と書きましたが、わたしの死体はきっとみつかりません。わたしの死体がみつからないと面倒なことになるとは予想はついていますが、正隆さんなら上手くやってくれると信じています。

そして、わたしがいたときにはできなかったことを実行してください。わたしにはもうできないこと。

小説を書いてください。

それが正隆さんがずっとしたかったことだと知っています。あなたがいつ書き始めるのかずっと待っていました。

残念ながらわたしはもう正隆さんの作品を読むことはできませんが、読者はきっとあなたのような作家を待っているとおもいます。

わたしはきっと正隆さんが成功すると信じています。

もう、わたしの死体は探さないで下さい。わたしの死体は絶対にみつからない場所にあります。

わたしたちはいい夫婦とはとてもいえなかったかもしれませんが、それでも一緒に生活してきました。

きっとこのブログで大騒ぎになって、正隆さんは驚く事の連続だとおもいます。

それさえも糧にして下さい。

わたしがあなたに黙って死ぬことに怒っているかもしれませんね。

ごめんなさい。でも黙って行かせてくれてありがとう。

さようなら。

令和五年　七月三十日
森林麻美

池上沙織【五】

嫌な予感に血の気が引いていたけど、ブログをすべて読んでから、今度は頭に血が上った。酷いと思った。

そして、悔しいことにやはり森林先生はすごい人だ。

私との約束は守ってくれている。私と正隆の不倫には一切触れていない。一行も私と正隆が不倫関係だとは書くことなく、私に最大のダメージを与えたのだ。

自分の夫と編集者が不倫をしていると、他の小説家が知ることになったところで、他の小説家は恋人を奪われるかもしれないとか、夫がその編集者と不倫をするかもしれないなどと、考えることはまずない。

でも、森林麻美のパソコンのパスワードを担当している編集者が知っていた、という事実は他の小説家にも起こりうることだ。

不倫をしていた事実より、パソコンのパスワードのほうが重かった。

それにしても森林先生はいつから知っていたんだろう？

「池上、残念だがこれが本当なら、池上の人間性を疑われても仕方がないとは思う。事実なのか？」

神永編集長にそう聞かれて私は奥歯にぐっと力を入れてから答えた。

「事実です」

「どうして、そんなことをしたんだ?」

「どうしても、知りたかったんです」

「何をだ?」

「森林先生が誰と、どんなメールをしているかを知りたかったんです」

「それが池上の正直な気持ちならこう書かれても仕方ないな」

「……はい」

「俺はもっと他のことが暴露されると思っていたんだけどな……」

「他のことって、なんですか?」

神永編集長は大きくため息をついた。そして、聞いたことのない低くて太い声でこう言った。

「みんな知ってるんだぞ」

頭が真っ白になった。そうか。今さら暴露を恐れるほどのことでもなかったのかと腑《ふ》に落ちた。

それからすぐに私に異動命令が出た。総務部だった。私は退職願いを出し、会社を辞めた。

退職してから一ヶ月。私は森林先生の最後のブログに抱いた違和感の原因を考えた。

最初に読んだ時はショックで気づかなかったけど、何度か繰り返し読んでいるうちに、違和感が拭えなくなった。

そして、違和感がはっきりと疑惑になったところで、山中湖を訪れた。

正隆と対峙するためだ。

森林先生がいなくなったのは七月の終わりだった。もう年をまたいで二月になっていた。冬にこの別荘に来るのは初めてだった。骨まで凍《こご》えてしまいそうな寒さなのに、私の身体は怒りで煮えたぎりそうだった。

別荘にたどり着き、インターフォンを鳴らして返事を待った。

冴えない返事だった。そして、かなり待たされた末、正隆は現れた。

その出で立ちに思わずぎょっとしてしまった。髪はボサボサ、グレーの毛玉だらけのスウェットの上下はよれよれで、前回ここで会った時と同一人物とはとても思えない。頬はげっそりこけて、目の下にはクマができていた。

「いったい、どうされたんですか?」

「ああ。ちょっと集中していたからね。まあ、どうぞ、中へ入って」

リビングに通された。リビングの様子も以前とは違っていた。空気は淀《よど》み、ローテーブルとソファーの周りに飲みかけや食べかけで放置されたものが、何日分もあった。

まるで害獣の巣穴に迷い込んだような気持ちにさせられた。この男が働かないだけでなく、家事を全部森林先生に押しつけていたことが嫌でも思い出された。

「窓を開けても構いませんか?」

「外は寒いよ! ああ。空気清浄機をつけようか」

窓を開け放ちたかったけど、確かに外は寒かったので空気清浄機をつけてもらった。

片づけるというよりも、そこにあったものをどかしただけのソファーをすすめられて、しぶしぶ座ると、その正面に正隆が腰を下ろした。

「池上さん、会社を辞めたんだろう？　なんか担当の人が変わったって挨拶の電話をもらったからさ」

まるで自分の担当者のような言い回しにイライラしたけど、ぐっとこらえた。

「森林先生の最後のブログのせいだって分かって言ってますよね？」

「やっぱ、そうなんだ。ちょっとあれじゃあ、他の出版社に移るってのも厳しそうだよね」

「はい」

香坂美央子はＩが私だということを、ＳＮＳで拡散してしまった。広そうで本当は狭い業界に、もう私の居場所はない。

「出版社を辞めて、もう出版社に勤めることもないのに、どうして、ここに来たんだい？」

私はなるべく怒りが表に出ないようにゆっくりと、そして、やんわり声を出した。

「あのブログは森林先生が書いたものじゃないからです」

正隆の目が一瞬泳いだ。

「あのブログが麻美の書いたものじゃない？　おかしなことを言うね。ふたりで何度もあのブログのＩＤとパスワードを試してみたじゃないか。どれもだめだった。鍵がない家には入れない。そうだろ？」

「見つかったんですよね？　ＩＤが。だから、あなたは自分宛の遺言だけ自分で書き換えた。とても不都合なことが書かれていたから。違いますか？」

　正隆はこちらを睨んだ。

「そんなことするはずないだろう？　だいたい証拠もないのにどうしてそんなことが言えるんだ」

「証拠ならあります」

「どこに？　どんな証拠があるんだい？」

「あのブログの中にあります。正隆さん、あなたも小説を書かれますよね？　どうやって決めていますか？」

「何を？」

「開くか、閉じるかをです。文章の中で漢字を使うか、ひらがなを使うかをどうやって決めていますか？」

　正隆の顔面にはクエスチョンマークが沢山浮かんでいた。

「それは、その時々の雰囲気によるんじゃあないかな」

「そうですね。商業でなければそれでいいと思います。でも、森林先生は十年以上プロとして活躍されていて、『表記が揺れる』ことがほとんどない方なんですよ」

「表記が揺れる？」

　私が何を言っているのかいよいよ分からなくなっているようだった。

　私は手帳に書き出していた違和感を正隆に突きつけた。

「森林先生は『私』を『わたし』とは書かないし、『ください』を『下さい』とは書かないんです。それにお義母さんも義の字が抜けていました。他にももっとあります」

正隆の顔がサッと赤くなった。

あのブログで私が抱いた違和感の正体がこれだった。表記の揺れ。森林先生のルールにのっとっていなかったのだ。

「たまたまだろう？」

「苦しい言い訳ですね。あなた宛の遺書だけが揺れていたんです。他でもないあなた宛のものだけが。書き直したんですよね？　自分のものだけ。私宛の遺書を消すことだってできたのに、それはしなかった。違いますか？」

長い沈黙だった。

正隆はあんなに嫌がっていたのに、窓を開けて、こちらに断ることなく煙草を吸いはじめた。それが私の問いに対する肯定なのか否定なのかは分からないので私は畳みかけることにした。

「佐々木信夫がここに来たことをどうして警察に言わなかったんですか？」

「どうしてそれを？」

「佐々木信夫は自殺する前、ここに来ることをブログのコメント欄に書き込んでいました。佐々木信夫のコメントはそれまでも匿名だと思っているからか、やけに攻撃的でしたから、森林先生のファンに煽られて、よせばいいのにご丁寧に山中湖行きのバスのチケットの写真まで掲載していました。チケットの日付はちょうど、結末が公開された日でした。佐々木信夫はなんとしても暴露される前にブログの更新を止めたかった。だから、ここに来た。違いますか？」

「確かに来たよ」

「脅されたり、殺されそうになったりしませんでしたか？　佐々木信夫は命がけでここに来たはずです。暴露されてから自殺したのが動かぬ証拠です。ブログを止めるためならなんだってやったはずです」

「確かにおだやかな話し合いとは言いがたかった」

「どうして、通報しなかったんですか？」

「僕がブログをされないことに納得してくれたんだ」

「そんなに簡単に納得するとは思えません。でも、とにかくあなたは佐々木信夫に危害を加えられそうになったのに、警察には通報しなかった」

「まあそうだね」

「正隆さん、あなたはここに警察に来て欲しくないから、通報できなかったんじゃないですか？」

正隆は再び煙草に火を点けようとしたが、ライターはカチカチと音がするだけで火は点かなかった。そして、持っていた煙草が折れてしまった。明らかにイライラしてそれを窓の外に投げ捨てた。

「通報する必要がなかったからだよ」

「嘘です。もう分かりました。正隆さん、私がここに来た理由は分かりますか？」

「あのブログが麻美の書いたものじゃない、と僕に言いたくて仕方がなかったってことだろう？」

私はゆっくりと深呼吸してからこう言った。

「私はここに森林先生の死体を探しに来ました」

正隆の顔は雪のように白かった。

もう間違いない。森林先生はこの男に殺されたのだ。

「君は僕が麻美を殺したって言いたいのか?」

「はい」

「どうして、僕が麻美を殺さなければいけないんだ? 麻美が死んでむしろ今、僕は困っているのに」

「それが私にも分からないんです。でも、正隆さんが森林先生を殺したのだとしたら、森林先生は正隆さんが森林先生を殺すことを知っていたとしか思えません」

「そんな馬鹿なことがあるはずがない」

「質問を変えます。佐々木信夫はどうして東京のマンションではなくここに来たんですか? 先生は佐々木信夫に時間指定でメールを送ったんじゃないでしょうか? 私でなければ夫がブログを書き換えることができるとかなんとか書いていたのでは? そして、正隆さん、あなたはどうしてここにいるんですか? 東京のマンションを売らなければいけなかったのは、森林先生が死んだからかもしれません。でも、以前ならお母さまを頼ることもできた。森林先生はあなたが最終的にここに来るように仕向けたんじゃないですか?」

「そんな馬鹿な、偶然だよ。偶然」

「森林先生は私に、あなたに小説を書くように励ませと言いました。それから、私に妊娠したと嘘をつくようにとも言いました。私はその指示に従いました。正隆さん、あなたは離婚も考えたと言っていました。それで話がこじれたのかと一瞬思いましたが、それだけじゃない。何か決定的なことがあったはずです。いったい何があって、森林先生を殺したんですか？」

「ちょっと待ってくれ」

正隆はそういうと私の前から消えた。とうとう認める気になったのかもしれないと思った瞬間だった。

後頭部に激しい衝撃と痛みが走った。

思わず痛む場所に手をやる。手は真っ赤に染まっていた。

ぱっと顔を上げると正隆が火かき棒を持って振りかぶろうとしている。これはよけたけれど、いつまでよけることができるのかは分からない。

私はこの男に殺されるのか。

恐怖が吐き気のようにせり上がっているのに、私はもう少しだけこの男と話がしたかった。まだ、森林先生が私に宛てた遺書の文章のことを問い詰めていないのだ。

――ある意味気の毒だとは思います。どうしてそうなったのかは私には手に取るように分かるからです。それがどうしてだかは、あなた自身によく考えてみて欲しいところでもあります。

私はよく考えてみたのだ。

私と正隆の関係はほとんどデートレイプのようなはじまりだった。

それが手に取るように分かるということは、森林先生と正隆の関係のはじまりもそうだったのではないだろうか。森林先生のブログはもしかしたら、壮大な復讐計画という作品なのではないだろうか?

火かき棒が二回三回と振り下ろされる。意識が遠くなっていく中でまた森林先生の遺書の言葉が蘇った。

——人との距離感をもう一度考え直したほうがいいです。

悔しいけれど、私がこの忠告に従うチャンスはもう訪れそうにない。

どうしても知りたかった事実を知ることもできないようだ。正隆が森林先生を殺した動機。それはいったい、なんだったのだろう。

——あなたは本当に困った人ですが、私が言ったことを成し遂げてはくれました。そのことだけは感謝しています。

私が成し遂げたこと……。ああ!

何かをつかみかけた瞬間、もう一度振り下ろされた。

痛みすら遠ざかって私の目の前は真っ暗になった。

三島正隆【五】

池上沙織が動かなくなるまでかなり時間がかかった。火かき棒で殴ってから首を絞めるつもりだった。でも、沙織はなかなかしぶとく抵抗を繰り返したので、絞殺は断念して、頭を狙って殴り続けた。

リビングの毛足の長い絨毯《じゅうたん》に沙織の血が点々と飛び散っている。絨毯は僕が選んだ一品だ。白だった。麻美は汚れるからと嫌がっていたが僕はどうしても白が良かった。気に入っていたんだ。でも、麻美が言った通りに汚れてしまった。これじゃあもう燃やすしかない。

「うるさい女だったな」

もうしゃべることのない女を見下ろした。

さっきまで生きていたとは思えない。力を失った肉は驚くほど小さかった。

結構可愛くて好みだったんだ。あれやこれやよくしゃべり、うるさいところだけが難点だった。

思えば麻美もうるさい女だった。さらに言うと母さんだってうるさい女だ。

どうも僕の周りにはうるさい女しかいないようだ。僕はキッチンの奥にあるゴミ置き場に向かった。捨てようと思ってゴミ袋に入れておいた寝袋を引っ張り出す。少し臭うような気もするが、ないよりはましだろう。

まさかこれをもう一度使うことになるとは思わなかった。東京のマンションから麻美を運んだ時に使ったものだ。要するに麻美の死体が入っていた袋だ。

これに入れてからスーツケースに入れて、地下駐車場まで下りた。誰も怪しむものはいなかった。麻美が入った後に入れるのだから、麻美のストーカーだった沙織ならきっと喜ぶだろう。それにしても、むかつく話だ。麻美の遺書によると沙織は麻美に近づくために僕と寝たということになる。ものすごい性悪女だったということだ。

本当はバンドのボーカリストと付き合いたいのにとりつく島がなかったから、ベーシストと付き合ってボーカルに近づく隙をうかがう女と同じだったということだ。

沙織は性悪な上に馬鹿だ。

実際にそんなことをしたら、ボーカリストもベーシストもそんな女の悪行を放っておくはずがない。なんらかの形で制裁されるか、ぼろぼろになるまで利用されるかだ。実際、沙織は僕ら夫婦に利用されたと言っていいだろう。

そして、沙織は本当に愚かだった。

真実が知りたいあまりにしゃべりすぎたのだ。殺人犯と言われた殺人犯が、秘密を知る人間を黙って帰すはずがないじゃないか。

僕は寝袋を広げ、沙織の足下にかぶせて一気に引き上げる。途中でひっかかると、死体の下にクッションを入れて傾斜を作って何とか押し込んだ。麻美を入れた時よりずっと早く入れることができた。これで地下室まで引っ張っていけばこれ以上家の中が汚れることもない。

沙織は両親が事故死していて、頼ることのできる親戚もいないのだと前に麻美が言っていた。まるで麻美と同じ境遇だった。だから沙織は麻美にのめり込んだのかもしれない。残念ながら麻美のほうは沙織にまったく共感しなかったようだ。

とにかく、沙織は会社も辞めている。ここに来ることを誰かに言ったということもないはずだ。きっと誰も探しに来ないだろう。それも麻美と同じだ。

死体が見つからなければ、死体さえ見つからなければ事件にはならないはずだ。

寝袋を引きずって移動させた。地下室へ向かう階段の手前で勢いよく寝袋を滑らせた。僕がヒビを入れた沙織の頭蓋骨《ずがいこつ》が階段の角にぶつかる音が小気味よく響く。

沙織は死ぬ気でここに来たのだろうか？　それとも麻美がここに来させたのだろうか？　どちらにせよ、僕はブログを書き換えたことを今猛烈に後悔している。

もしも沙織が言ったことが間違いでなかったら、他にもあれが麻美の書いたものではないことに気づく人間が出てくるのではないだろうか？

そう考えると、焦燥感でいてもたってもいられず、頭を掻きむしってしまう。大丈夫だ。沙織が麻美に執着しすぎていただけだ。それに麻美は脳腫瘍だったんだ。だから、いつもと違ったっておかしくない。おかしくはないんだ！　自分にそう言い聞かせる。

今は書き換えたブログのことだけを考えている場合じゃない。早く沙織を麻美と同じようにしなければ。

そうでなければ僕は破滅する。

あの日、七月三十日。僕が麻美を殺した日。

僕は書き上げた原稿を麻美に読んでもらっていた。とうとう書き上げた初めての原稿だ。そのころ、沙織に妊娠したと打ち明けられていたから、慌てて書き上げたんだ。とうとう書いたぞという高揚感でいっぱいだった。

麻美とは子どもができなかった。そのうちできるだろうと思っていたけれど、結婚から十年、麻美が妊娠することはなかった。特に僕が避妊をすることもなかったから、麻美は子どもができないんだろうと思っていた。まさか麻美がピルを飲んでいるとは知らなかったが、どちらにせよ僕ら夫婦には子どもがいなかった。

まったく予定はしていなかったけれど、沙織に子どもができたのなら沙織と結婚して新しい生活に一歩踏み出せばいいと思った。

麻美と離婚して沙織と結婚し、作家として生計を立てる。僕が立てたプランはシンプルだった。作家として食べていけるようになるまでは時間がかかるかもしれないが、沙織は大手出版社勤務だし、孫が欲しいと言っていた母さんも色んな意味で手伝ってくれるだろうと考えていたのだ。

原稿は書き出してみると意外とうまく行った。三ヶ月くらいで、長編が書けた。

ほんの礼儀として、という気持ちと、自分の作品世界を見せつけたい気持ちとで麻美に読ませることにした。

「ちょっと、読んで感想をくれないかな？」

そう言って仕事部屋でパソコンと睨み合っている麻美に、プリントアウトした原稿を差し出すと、麻美はこちらに顔を上げて微笑んだ。

「ほんとに？　完成したの？　どんな小説？　テーマは？」

麻美が矢継ぎ早に繰り出す質問に罪悪感が濃くなる。僕は結婚する前から創作に専念する、と言って今まで麻美に養ってもらっていた。

麻美が僕を養ってくれたのは僕に期待していたからだと思う。

それなのに、この作品が世に出たら、僕は麻美の元を去り、新しい生活をはじめるつもりなのだ。ろくでなしがすることを普通の人間がすれば罪悪感を抱くのは当然だろう。

「読めば分かるよ」

「そう。楽しみね」

その時の麻美は本当に嬉しそうで、楽しそうだった。だから、僕は麻美が早くそれを読んで、自分の担当編集者の誰かを紹介してくれるのを期待した。なぜか、小説を書いたらどうかと励ましてくれた張本人の沙織に読ませることは考えていなかった。

もしかしたら、先に沙織に処女作を読ませていたら、僕は今の窮地《きゅうち》に追いやられていなかったのかもしれない。

僕は、麻美は僕を絶対に傷つけない人間だと信じていた。麻美は何をしても許してくれた。金をせびるのが後ろめたくて、消費者金融の借金が限度額の三百万までかさんだ時も、何も責めずに支払ってくれた。

「正隆さん、消費者金融はやっぱりよくないみたい。信用情報に傷がついたりするみたいなの。今度からこのクレジットカードを使って？　それから、現金が欲しい時はちゃんと言って？　ね？」

僕はそれからお金のことは何も考えなくてよかった。車も時計も麻美が買い与えてくれた。でも、それは麻美が僕より先に作家として成功していることの、後ろめたさがそうさせているんだと思っていた。

何回かした浮気だって、黙殺してくれた。

相手が既婚者で、慰謝料を請求された時も黙って払ってくれた。麻美は僕の浮気には実に寛大だったと思う。

いや、よく考えてみたら、結婚前にした最初の浮気は猛烈に怒っていたかもしれない。猛烈というのは少し違うか。麻美は静かに僕と別れたいと言った。

麻美の小説が大きな賞を受賞してむしゃくしゃしていたせいだと言ったら、麻美は顔を真っ青にして、自分のアパートなのに僕を残して逃げ出し、翌朝になるまで帰ってこなかった。帰ってきてから、とにかくなだめてその場は丸くおさまり、別れることなく付き合い続け、結婚した。

とにかく麻美は僕に寛大だった。僕のことを愛していたからだと思う。

だから、麻美は僕を傷つけることのない人間なのだと思い込んでいた。

それなのに、僕の原稿に対する麻美の態度は僕の予想を大きく裏切るものだった。

「もう、全部読んだかな？　どうだった？」

「ごめんなさい、正隆さん、ちょっと今忙しくて」

そう言って他の小説を読んでいた。仕事で必要な本なのかと思ってこの時は我慢した。けれど、二週間たっても、麻美は僕の小説に感想を言おうとしなかった。

今となってみれば想像できるのだが、僕が原稿を渡したころには麻美の病気は深刻な状態で、死ぬことを考えていたのかもしれない。

あれからすぐ死に支度をしていたのは間違いない。

麻美が死のうとしていたことはあのブログに明確に書かれている。

それでも、ようやく読んだと言って麻美は僕を自分の仕事部屋へ連れて行った。それが七月三十日だった。

「どうだった?」

僕はやきもきしながらそう言った。

麻美から大絶賛されるのを待っていたんだ。離婚をすることになっても、僕の処女作を最初に読んだということを麻美は自慢していいはずだ。

でも、麻美は僕の期待を失望に変えた。

「どうだった……。うーん。正隆さん、これは誰に向けて書いているの?」

「誰って読む人だよ」

「そう。もっと明確にイメージしないとだめだと思う。それから、正隆さん最近の小説って読んでる? 私の作品はいつも読んでくれているけど、私の作品だけじゃなくて、最近書かれた、そうだなあ……」

具体的な作家の名前と書籍の題名が麻美の口からポンポン出てきた。どれも、僕と同じかずっと若い作家で、鼻持ちならないかんじのするやつらばかりだ。

「読んだことないよ。どうして、そんなやつの本を読まなきゃいけないんだ？」

「じゃあ、何を読んでいるの？」

「そりゃあ、読むべきものは沢山あるよ」

「そう……じゃあ、この話は置いといて、はっきり言ってこの小説は……」

麻美はなかなか言い出せずにいた。

なかなか言わない麻美に僕はイライラした。

「はっきり言ってなんだっていうんだ？」

麻美は大きくため息をついた。

「全体的に古いと思う」

「はあっ？　なんだよ！　その不明瞭な意見」

「そう言われると思ったから、原稿に赤字で気になるところは書き出してみたの」

そう言って突き返された原稿を僕はめくった。原稿は真っ赤だった。

「どこが古いって言うんだ？」

「一番は感覚かな。この主人公をネットの海に泳がせてみたら分かると思うけど」

「何を言ってるんだ？　意味が分からない」

「そうね。言っても分からないのが正隆さんなのよね。この主人公が主人公じゃなくて殺される脇役とかだったら……。でも、このお話はミステリーでもサスペンスでもないし、これはこの主人公の青春小説みたいだし」

「どうして主人公を殺さなきゃいけないんだ？」

「嫌なやつだからよ」

「嫌なやつ？　どこが？」

「あなたそっくりの嫌なやつじゃない」

「なんだって？」

「この主人公、正隆さんにそっくりじゃない。ここまで自分を投影させているのには驚いた。ナルシシズムのなせるわざと言っていいみたい」

「きみは僕が嫌なやつだって言いたいのか？」

「そうね。正隆さんは嫌なやつだと思う。その小説の主人公みたいに。私、ずっと正隆さんに聞きたかったんだけど、自分で嫌なやつだと思わないの？」

「僕のどこが嫌なやつだって言うんだ？」

「そうね、まずは、成果も結果も出してない上、研鑽《けんさん》もしないのに、なぜか自分のことを天才だと思ってるところかな」

「僕が凡人だって言いたいのか？」

「凡人だと思えたらまだ救いはあったのにね」

「凡人だとどうだって言うんだ」

「少なくとも努力はするでしょう？　私みたいに」

「それは凡人の泣き言だろう？」

この時、僕は初めて麻美が鼻で笑うのを見た。頭がカッと熱くなった。

「そうね。天才は泣き言を言わないものね。天才だとしても、この感覚の古さはいただけないと思うんだけど。正隆さんは今時子どもでも違和感を覚える家父長制度と男尊女卑万歳だし、ジェンダー何それって思っているみたいだし、たとえ天才だったとしても、本当に現代の世情を追えてない嫌なやつなのよ」

「僕がいつ家父長制度と男尊女卑万歳なんて言った？」

「夫婦別姓には反対でしょ？　役所の作業が増えてサービスが悪くなるってご意見だったでしょう？　人権がかかっていることにサービスの善し悪しを持ち出すところが意見としては最悪でしょう？」

「だって、それは……」

「あ、そうだ！　同じ理由で同性婚にも反対だった」

むかむかしてきた。麻美は僕の話をいつも黙って聞いていたはずだった。そう言えば自分の意見は一言も言っていなかった。

「あなたの意見より、ヤフーニュースのコメント欄を見ているほうがよっぽど役に立つの。あなたは嫌なやつよ。正隆さん。この主人公どうして四十代にしたの？　まだ、今の実年齢の三十三歳にしておけば良かったのに」

「別にいいだろう？　不惑の男で」

「じゃあ、相手の女をどうして二十代にしたの？　こっちも不惑にすればよかったのに」

「いいだろう？　それは」

「よくないの！　感覚がおかしい。二十代の女性は四十代の男性に対してどんな関係性であれ、好意をもつことはほとんどないの。ましてや、こんな嫌な四十代のおじさんと付き合いたいなんて絶対思わない。好意を向けられた瞬間に気持ち悪いって思うの」

絶対と言われて血が煮えたぎる気がした。

「絶対なんてことはない！」

「そうね、絶対なんてことはない。でも、どうして四十代にしたのかはなんとなく分かる。この主人公は正隆さんが思い描いている理想の四十代の姿ってことでしょう？　十年後の自分の姿。おじさんになっても二十代の女の子にモテたいという願望を描いているってとこかなあ？」

「麻美、おまえ、馬鹿にしているのか」

麻美は満面の笑みを浮かべた。

「馬鹿にしない理由が見つからないと思うんだけど」

「なんだと！」

「正隆さん、こんなくだらない話を読まされた私の身にもなって欲しいの。あなたには十年以上、誰にも何にも邪魔されることのない時間があったはずでしょう？　それなのにこのざまは何？　あ、池上さんが妊娠したから慌てて書いたの？　それならどうして今まで書かなかったのかの説明がつかないんだけど」

「知っていたのか」

「あたりまえでしょ。誰がクレジットカードの明細を見て支払っていると思ってるの？　あの車を買ったのも私だってことをお忘れかしら？　カーナビの履歴もちゃんと残っていたしね。ふたりの決定的な瞬間を録音した音声だってあるし」

　この女はいったいなんなのだろう。

「知っていてどうして何も言わないんだ」

「どうでもよかったから」

「僕のことを愛しているんじゃないのか？」

　僕が愛といった瞬間、麻美は腹を抱えて笑った。

「愛ね、あなたにだけは言われたくない言葉なんだけど。愛は私には分からない。分かったような気がした時もあったけど」

「じゃあ、なんで僕と別れようと思わないんだ」

「目的のため」

「目的ってなんなんだ？」

「あなたには一生、ううん。死んでも分からないと思うから教えない」

「どうするんだ、これから」

「私はどうもしない。そうね、離婚してもいいけど、正隆さん、生活はどうするの？　こんな小説しか書けないんだったら、とてもじゃないけどデビューはできない。普通の人は働いて妻子を養うところだけど、正隆さんが最後に働いたのはいつだったか思い出せないくらい昔のことだから、再就職は苦戦するかもね」

「他の編集者に読ませてみないか？」

「私、これ以上正隆さんに恥ずかしい思いをして欲しくないの。やめたほうがいいと思う」

「おまえが酷いと思うだけで、センスが合う人間もいるはずだ」

「ゴミを読ませるのがどういうことか分かる？　私の信頼まで失うことになる。誰か他の編集者に読んで欲しいなら、自分で持ち込みをするか、新人賞に応募すればいいのに、どうして、そういうあたりまえのことをしないの？」

「ゴミだって？」

「そうよ、ゴミ。あなただっていつも私の作品をゴミだっていうでしょ？　ゴミにゴミと言って何が悪いっていつものあなたのお決まりのセリフ、今私が言っても構わないでしょう？」

気づいた時には僕は麻美の首を絞めていた。もう一言だってしゃべらせたくなかった。

麻美はそれほど抵抗しなかった。

自分の作品をゴミと言われて僕は我慢できなかった。

まさか自分が麻美を殺してしまうとは思わなかった。麻美のことを殺したいと思ったことなんて一度もなかった。

麻美がこと切れてから僕は麻美の仕事部屋をぐるぐると歩き回った。麻美の死体をどうにかしないといけない。

完全犯罪を目指す。妻殺しの汚名は僕が作家として生きていく未来にはない。

頭に浮かんだのは山中湖の別荘だった。あそこなら、時間をかけてゆっくりと麻美を処理できる。一番近い隣家も数百メートルは離れているから、騒音や異臭がしても気づかれないだろう。

地下室で麻美が鹿を解体していたのを思い出した。

斧でもチェンソーでも肉切り包丁でもミンサーでもフードプロセッサーでも、なんでもそろっている。

寝室の自分のクローゼットの中から、一番大きなスーツケースを引っ張り出した。

その近くにあったキャンプ道具一式の中から寝袋を取り出す。

キャンプなんかに行ったことは僕も麻美もなかった。麻美が深夜にネット通販で頼んだ商品だ。時々こういうわけの分からない買い物をする女だった。

「ごめんなさい。深夜に原稿が書き上がって変なテンションになってしまったみたい」

とよく僕に謝っていた。

妙なものが多かった。でもよく考えたら、それはいつの間にか小説の中に登場していた。全部無駄なく資料にしていたんだろう。

麻美のそういう貧乏くさいところをいつも沙織が褒めていた。

寝袋を麻美の足下にかぶせて引き上げた。引き上げてから向きを変えれば良かったと後悔した。死に顔がこちらを向いているのは気まずかった。仕方なく寝袋が入っていた袋を麻美の顔にかぶせた。

早くしないといけない。死後硬直がはじまったら死体はコチコチになってスーツケースには入らなくなるだろう。それも、麻美が取材内容をぺらぺらしゃべっていた時に得た知識だ。

僕は試行錯誤の末に麻美をスーツケースに入れた。骨が折れるとはこのことかと思いながら、スーツケースの形に合うように麻美の身体を畳んだ。エアコンで涼しいはずの麻美の仕事部屋で僕は汗だくになりながら麻美の死体と悪戦苦闘していた。

なぜだか麻美の言葉が思い浮かぶ。

「今は死体があれば、必ず犯人は捕まる時代だから、完全犯罪を登場人物に目指させるのも難しいの」

死体を上手に隠せたらなんとかなる、と僕は自分に言い聞かせた。

どうにか麻美をスーツケースに詰め込むと僕はシャワーを浴びた。

麻美を殺してしまったという恐怖が今になって湧いてくる。絶対に見つからないようにしないといけない。

麻美と口論になったのは夕方だったのに、もう深夜になろうとしていた。時間が二倍速で進んでいるように感じた。身体が重い。早く山中湖に行かなければ。

麻美が鹿を捌《さば》いた時、常温で肉がどれくらいで腐るのか実験していた。どれくらいだったか思い出せない。麻美のブログに書いてあったはずだ。後で確認しよう。どちらにせよ、今は真夏だ。急がなければいけない。

プラドのトランクにスーツケースを入れた。運転席に乗り込んでから、カーナビを操作し、ハンドルを握りしめる自分の手が震えていることにようやく気づいた。

一睡もせず、麻美の死体の処理をある程度終えて、地下室にある冷凍庫を空にするため入っていた氷をキッチンの冷凍庫に移し替えて、一息つこうとウイスキーをあおりはじめた時インターフォンが鳴ったのには背筋が凍った。

正直、もう麻美を殺したことが誰かにバレたのではないかと思った。

モニターを見て沙織だと分かった時には不安に思うべきか安心するべきか分からず混乱した。

――このままでは、森林先生が自殺してしまいます！

沙織にそう言われた時の僕の混乱は最高潮だった。麻美は自殺なんかしていないし、もう自殺できない。

僕が殺したんだから。

興奮状態の池上沙織のスマートフォンに表示された麻美のブログを読んで、僕は自分に腹が立って仕方がなかった。自殺しようとしていた人間を殺すなんて、生産性がなさすぎる。ほっといても死んだんだ。いや、そもそも麻美を殺すつもりはなかったんだ。ぐるぐると考えたが、何度か読み終えて、麻美の遺書は僕にとっては有利に働くと思えた。

本人が自殺すると言っているのだから、行方不明の麻美を僕が殺したと思う人間もいないはずだ。そう考えると麻美が憐《あわ》れに思えた。僕に殺されたのに自殺したと遺書を書き残しているのだ。麻美は僕に最大のアリバイをくれたことになる。

大丈夫だ。死体は見つからない。僕が完璧に管理し、少しずつ処理していけば見つかるはずがない。

遺書というものは普通は一通だけ一度きり、公開されるものだという思い込みを、麻美は崩壊させた。母さん宛の動画とブログがアップされた時、はらわたが煮えくりかえったが、それと同時に、僕への遺書があるとしたらどんなものだろうかと想像すると、ろくなものではなさそうに思えた。

池上沙織は僕よりも、もっと焦っていた。もし、僕と沙織の関係が暴露されたら、僕よりも沙織のほうがダメージは大きいからだ。

どんな芸能人だって不倫をしたら、責められるのは男より女だ。

次はいったい何が公開されるだろうと思っていたら、今度は例の小説だった。

麻美が毒殺魔かもしれないという疑惑は世間を騒然とさせた。

そして、この小説の存在によって、麻美はかなり前から自殺することを決めていたのだと思った。

麻美が毒殺魔だとしても、別に僕は驚かないが結局のところ、麻美は毒殺魔ではなかった。

しかし、麻美のブログが僕にとって有益なアリバイだけではなく、害になりうることに気づかされたのは、佐々木絵美の父親の佐々木信夫が別荘に来た時だった。佐々木信夫は僕が麻美のブログにログインできるものだと信じていた。麻美は佐々木信夫のメールに、話があるならここに来るようにと、この別荘の住所をご丁寧に書き込んでいた。

佐々木信夫は本気で僕を殺そうとしていた。

自分が娘に性的虐待をしていた事実を隠すために人殺しも辞さない佐々木信夫の身勝手さには身の毛もよだつが、沙織がかけてくれた電話のおかげであっけなく引き下がった。

もしかしたら、麻美は佐々木信夫を使って僕を殺そうという計画を立てていたのではないだろうか。

母さんの資産を溶かしたのも、自分から気をそらすためではなく、本当の目的は僕に援助できないようにするためだったのではないだろうか？　そして、自分の資産のほとんどを現金化して寄付していたのも、僕に東京のマンションを売却させて、この別荘に閉じ込めるためだったのではないだろうか。

でも、佐々木信夫は僕を殺せなかった。秘密が暴露されて佐々木信夫は自殺した。

そして、僕は麻美のブログのＩＤとパスワードを入手できた。

ＩＤは麻美が佐々木信夫に送ったメールのメールアドレスだったのだ。僕はそのことを佐々木信夫には教えなかった。パスワードは池上沙織がいつも入力していたもので間違いなかった。

僕はログインすると、まだ公開されていないブログを確認した。池上沙織を退職に追い込んだブログだ。

それが本当に最後のブログだった。

そして、僕が余計なことをしたのは、池上沙織宛の遺書の次に当然あると思っていたものがなかったからだ。

麻美は僕に遺書を書いていなかった。

たったの一行も。

そのことにものすごくショックを受けて動揺してしまったのだと思う。

だから、僕はしなくてもいい、自分宛の遺書を自分で書くという大失態を犯した。

その大失態をよりによって沙織に看破された。表記の揺れなんて一度も考えたことがなかった。

麻美がそんな僕を草葉の陰からせせら笑っているような気がする。


色んなことを考えながら、どうにか沙織を地下室へ運んだ。麻美の時も大変だったけど、どうにかなるだろう。麻美の身体の一部は細かくして山中湖に捨てた。もう佐々木信夫も池上沙織も死んだのだから、ここに慌ててやって来る人間はひとりもいないだろう。

ゆっくり始末すればいい。

遺体を地下室の部屋に入れると、僕はリビングの血まみれの絨毯から片づけることに決めて、リビングへ向かった。リビングはぐちゃぐちゃだった。僕が飲み食いで散らかしたものも散乱していた。ゴミをまとめてから、ローテーブルをどかして絨毯を引き剝がした。ふっと視界に何かが入ったような気がして、身体がビクリとした。パノラマサッシのほうを見ると富士山が見えた。

富士山を見て、初めてぞうっと背筋が寒くなった。

――なんだか見張られているみたい。

麻美がそう言ったのを嫌でも思い出す。

ブログはもう絶対に更新されることはない。ログインIDだったあのアドレスのメールボックスにも、もう時間指定のメールは一通もなかった。

でも、麻美は本当にもう何も残していないのだろうか？

もう、本当に僕を殺しに来たり、僕が殺人犯だと言いに来たりする人間はひとりもいないのだろうか？　僕は麻美のミントブルーの手帳を毎日読んでいる。何か見落としていることがありはしないか不安が拭いきれず、意味がありそうな、でも決して意味のない麻美が書いたメモを読み返している。

せっかく、ここに来て、邪魔する人間は誰もいないはずなのに、小説は一行も書けていないし、麻美が赤字をいっぱい入れた処女作は読み返す気にもなれない。

僕はもしかしたら、今も麻美に見張られているのではないだろうか。

耳元で麻美が鼻で笑う声が聞こえた。

煌文社文芸編集部

森林麻美が自殺をほのめかすブログを書いてから一年がたった。三島正隆が山中湖の別荘で自殺をしているのが発見されたのはつい先日のことだ。

正隆と連絡が取れなくなった母親が、別荘に駆けつけたところ、トイレのドアノブで首を吊っている三島正隆を発見したということだった。

「結局、森林麻美の死体は見つからなかったな。プロットの行方も謎のままだ」

煌文社《こうぶんしゃ》文芸編集部、編集長の神永進《すすむ》はそうつぶやいて、編集部のデスクの椅子に座った。神永はこの夫婦と面識があった。大学の創作サークルで森林麻美の小説をいつも褒めていたのは、神永だった。神永にとって、森林麻美は謎めいた女学生だった。いつも、ひとりで行動し、そのくせ寂しそうでもない。思わず声をかけてしまったのは、彼女が持っていた本がたまたま自分も読み終わったばかりのミステリーだったからだ。それが、サークルに誘ったきっかけだった。断られるかと思ったが、麻美はサークルに入った。そして、サークルの誰よりも麻美の才能は抜きん出ていた。

彼女が三島正隆と付き合いはじめた時、嫌な気分になったことは否定できない。神永には正隆からにじみ出ているナルシシズムが不快だったが、それに女が引き寄せられることもよく知っていた。神永がなによりがっかりしたのは、一番気にかけていた麻美が他の女たちと同じように正隆に引き寄せられてしまったことだった。それでも、デビューに至った新人賞の応募の際には相談に乗ったし、自分の卒業間際には過干渉とは思いつつも、正隆との関係を見直すべきだとも言ったが、麻美は正隆と結婚した。麻美が結婚するまでは神永が麻美の担当をしていたが、結婚してからの正隆のよくない噂を幾度となく耳にするのもつらく、神永は自分が昇進したタイミングで麻美の担当を外れた。それからも、正隆の噂は耳に入ったが、それ以上に麻美の活躍は眩しかった。要するに正隆の存在が麻美の作品に影響を及ぼすことはない、と神永は悟ったのだった。

それにしても、なぜ正隆は自殺をしたのだろう？　神永の知る正隆なら、自殺などしないはずだ。しかも、麻美の最後のブログの更新から、また麻美の作品は話題になり、かなりの印税収入があったはずなので金に困って食い詰めて自殺、とも考えがたい。妻の自殺から一年後に夫が自殺。本当に自殺なのだろうか、実は森林麻美が生きていて、正隆を殺した？

神永はそこまで考えてから首を振った。ありもしない話だ。よく分からない事実をどうにか繋げようとするのはよくない癖だ。神永は仕事に戻ろうとパソコンの画面に向かうと、部下のひとりに声をかけられた。

「編集長、ちょっと変わった郵便が来てます」

「変わった郵便って、どんな？」

「タイムカプセル郵便です」

「タイムカプセル郵便って何だ？」

「僕も知らなかったんですけど、十年先まで日時を指定して送ることができる郵便みたいです」

神永はハッとした。

「差出人は誰だ？」

「三島麻美さんって、ご存じですか？」

神永は部下に短く礼を言うと、封筒を受け取った。

三島麻美は森林麻美の本名だ。

震える手で封を切った。

中にはクッション材にくるまれたＵＳＢメモリが一本入っていた。

神永は恐る恐る自分のデスクのＰＣにＵＳＢメモリを差し込んだ。

神永進さま

神永先輩、今どんな気持ちでしょうか？　神永先輩がどんな感情でこのＵＳＢメモリを差し込んだのか想像すると、わくわくしてしまいますが、これが神永先輩の元に届いたということは、私は予定通り、三島に殺されてしまったのでしょう。

ここまで読んで驚かれていますか？

それとも混乱していますか？

私はブログで自殺をほのめかしていましたから、殺人事件とは誰も思っていないはずです。恐らく私の行方不明では警察もさほど動かなかったでしょうね。

長い話になりますが、ゆっくり読んでいただけたら幸いです。


私は人の感情も、自分の感情も、名前をつけるのに時間がかかる人間で、問題をずっと先送りにしてきました。

覚えていないのですが、子どものころ父親から受けた虐待の後遺症のようなものかもしれません。だから、人の感情や自分の感情を見つけるために、幼いころから、本を読んできたのだと思います。

いつしか、自分でも人の感情を想像したり、物語を空想したりするようになりました。

ところが登場人物の感情を理解するのは簡単なのに、自分の感情はなかなか理解できるようになりませんでした。それは私の大きな欠点でした。

そして、一度得た感情はじっくりと噛みしめて確認するのです。

なんのことだか分からないかもしれませんね。

私にとって、人生で最初のショックは親から愛されなかったということです。親に愛情を向けられなかったので、そういうものを理解するのに苦しみました。

そして、友情。

これも、あの四人に……。いいえ、佐々木絵美さんに出会うまでは味わったことのない感情でした。

私たちは寒さに身を寄せ合う野鳥のように、つらさや空しさや諦観を共有していました。

その、なんと温かかったことか。

ずっと五人でいられると思っていました。

苦しくても、悲しくても、それをずっと分け合い続けるのだと。得がたい友情だったと今も思います。

四人が死んでしまった時の、私の絶望は誰にも理解できないと思います。あれほどの強い感情はもう抱くことがないと思っていました。

あの事件の日。集団狂言自殺計画を立てるほど行き詰まった私たちでしたが、タオルケットのお花畑の上で五人で輪になったあの瞬間は、誰に何を言われようとも、青春の一ページとして私の心に強く残っています。あの日はそれくらい楽しかった。

ええ、私だけが楽しかったのです。

みんながそれぞれ別のものも飲んでいたと知った時の驚きと悔しさは昨日のことのように思い出せます。でも、あの幸せな空気の中で死ねた四人をどこか羨ましいと思ったものです。

あの時、誰かひとりでも生き残っていてくれたら、私の人生は違ったものになったかもしれません。四人を失くした私は空っぽのまま、大学生になりました。遠縁の大叔母が「白い鳥籠事件」で私の存在を知り、一緒に暮らすことはしてくれませんでしたが、学費を援助してくれました。親に縁のない私だけが、みんなが希望していた東京の大学に行き、ひとり暮らしをすることになりました。

私は嬉しさよりも罪悪感でいっぱいでした。

私だけがあの事件の当初の目的を果たしたからです。

自分たちの現状を世間に知らしめて大人たちに変わってもらい、夢をつかむ。

「白い鳥籠事件」で四人が死んでしまったせいで、連日全国ニュースで騒がれました。

その恩恵を私だけが受けている。

もし、あの事件の後、大叔母の援助がなかったとしたら私は進学していなかったかもしれません。

金銭面の問題を自分ひとりで解決できる気力が、四人を失ったあの時の私にはありませんでした。

東京の大学に来てからも私は友人を作ろうとは思いませんでした。何度も何度も、四人の日記を読んで四人の感情を想像していました。

そんな私を創作サークルに勧誘してくれたのは神永先輩でしたね。いつも、ひとりでカフェテラスにいる私を、不憫に思ってくれていたんですよね。たまたま読んでいた本が同じだったというだけではなかったのではないでしょうか。私は目立たないサークル会員だったと思います。みなさんが話しているのを後ろで聞いているのが好きでした。

ああでもない、こうでもないと色んな話をしていましたね。

三島もその中にいました。あのサークルにいたメンバーはみな堂々としていて自分の意見を持っていました。私はあの当時、抜け殻のような状態でしたから、自分の意見がぶれない人が素敵に見えたのです。

みんなきらきら輝いているように見えました。その光につられて、私は小説を書くようになりました。私が小説を書くようになって、部誌に掲載されるようになると、三島は急に距離を詰めてきました。

神永先輩、覚えていませんか？　神永先輩と私がふたりで話していると割り込んできた三島を。特に神永先輩が私の作品を褒めた時には必ず割り込んできました。

「でも、僕ならもっとここを描写するね」

とか、

「この登場人物いるかな？」

とか、とにかく何か一言、言わずにはいられないようでした。私はこの時に大きな勘違いをしています。私の作品に関心があるから、足らないところを教えてくれるのだと、善意なのだと信じていました。

私はもっと神永先輩の言葉を信じてよかったのです。

「三島先輩の書いたものも読んでみたい」

と私が言った時に三島は、

「僕は習作は見せないから」

と言いました。それに納得した自分が今も許せません。そして、三島は冬休みがはじまる前のある日、酔いに任せて私のアパートにやってきました。何度帰るように言っても、三島は帰らず、居座りました。そして、そこからなし崩しに関係を持ちました。

私はこの時も自分の感情を読み間違えてしまいました。

部屋に招き入れたのは私です。それに、三島に少なからず好感はあったので、このまま三島と付き合うことは当然のことだと思いました。

三島と結婚してから数年後、取材で心理学者の近藤良子先生にお会いした時に雑談で私と三島のなれそめを冗談めかしてお話ししたところ近藤先生の表情が曇ったのでお尋ねしました。

「近藤先生、どうかされましたか？」

「とても、言いにくいことなのだけど、いいかしら？」

「どうぞ」

近藤先生の目は真剣でした。そして、何度か躊躇ってから、とうとうこうおっしゃったのです。

「森林さんと旦那さんのなれそめなんだけれど、私はそれはデートレイプだと思うの」

「デートレイプ？　ですか？」

「あなたは旦那さんに性交を強要されてそれに同意していない。それはたとえ、夫婦間であっても、恋人同士であってもレイプになるのよ」

「そんな。夫はそんな人じゃあ……」

近藤先生は短くため息をつきました。

「そうね。これを指摘するとたいていの女性が、今のあなたのような反応を見せるの。でも、一度ちゃんと考えてみたほうがいいかもしれないわ」

近藤先生に指摘されたことを私はすぐに忘れました。きっと、自分の愚かさに、これ以上気づきたくなかったからです。男女のことや夫婦というものがどんなものなのかも、私には分かりませんでした。でも、それがどういうものかをちゃんと理解している人も、実はかなりの少数派なのではないでしょうか？

三島と付き合うようになってから、私はこれを作ったら三島が喜ぶだろうなあとか、これは三島が好きだろうなあなどと、私のそばに三島がいない時に三島のことを考えるのが好きでした。こんなに純粋に、誰かのひとときの笑顔や喜びのために、何かを考える時のときめいた気持ちは居心地のいい感覚でした。それまで味わったことのある「友情」ほどの感情ではなかったかもしれませんが、疲れた時に口に放り込むチョコレートほどの効果はありました。

話が前後してしまいますが、私と三島はそういう風になし崩しにはじまって、創作サークルのメンバーにも公認された関係になりました。

神永先輩はいつも心配してくださいましたよね？　神永先輩には私には見えていないものが見えていました。

三島が私と付き合いたかった理由は恋愛感情ではなかったのだと思います。三島は神永先輩に褒めてもらいたかったのだと思います。当時は気づいていませんでしたし、今こうして自分で言うのも自意識過剰みたいで、お恥ずかしいのですが、神永先輩が一番期待していた後輩は私だったと思います。

少なくとも、三島にはそう見えていたのではないかと思います。

付き合いはじめて私のアパートに当然のようにいつでも上がりこむようになった三島は、私が作品を書いているそばから、あれこれけちをつけるようになりました。そうすると、私はなかなか書き進めることができませんでした。

そのことを何度も神永先輩に相談しましたね。どうにか私が書けるように、三島に見せるものと、三島に内緒で書く作品、ふたつを同時に書くようにアドバイスしてくださったのは神永先輩でした。私が三島に隠れてようやく長編を書き上げた時、とうとう、見せていない小説があることに気づかれてしまいました。

ノートパソコンにUSBメモリを差しっぱなしにしたまま家庭教師のアルバイトに行ってしまったのです。ワンルームの玄関を開けると、三島の背中が目に入って、ぎくりとしました。私の部屋の合鍵を持っていた三島は、私のパソコンデスクに座っていました。その背中から、何か不穏なものを感じたのは、隠しごとをしていた罪悪感のせいかもしれません。その不穏さに驚いた私は、鍵を自分の足もとに落としてしまいました。甲高い金属がぶつかる音に、ゆっくりと三島が振り返りました。

「何これ？　僕に見せたことないやつだよね？」

「そうだよ。長編を書いてみたかったの。書き上がったら見せようと思って」

「ふうん。そう。で、どうする気？」

「どうする気って？」

「こんなに長いの、サークルの部誌とかにも載せられないし、もしかして新人賞に応募しようとか考えてる？」

「別にどうするかなんて、何も考えてないけど……」

本当は新人賞に応募するつもりでしたが、三島にそうは言えませんでした。

「そうだよね。麻美の小説は、まだまだこれからだから」

三島が納得したようで、私は安堵しました。

でも、せっかく最後まで書いたのだから落選してもともと、と思って新人賞に応募し、最終選考で出版社からメールが来た時、私はパニックになりました。

三島が知ったらどう思うか。

この問題も神永先輩が解決してくれました。

神永先輩が原稿の体裁を整えて、私の名前で応募したと言ってくださったおかげで、私は三島の言うことは無視していない、ということにできました。

これがちょうど私が大学二年生の時のことです。

神永先輩はその春に卒業されました。

「無駄かもしれないけど、もう一度言っておくよ、森林さんは三島と別れるべきだよ」

神永先輩は最後にもそう言ってくれました。私は神永先輩の言った通りにすべきでした。けれども、その時の私はまだ、三島と一緒にいるからこそ味わえる感情に浸りたかったのです。

三島がいない時に三島の喜ぶことを考える自分と、三島の言うことを聞くことで得られる安堵感をまだまだ味わっていたかったのです。

ジェットコースターのようなスリルを楽しんでいたのかもしれません。私自身にこんなにここまで関心を抱いてくれたのは、あの四人以外では三島が初めてだったのです。

そう。三島の関心は私にとっていいものではなかったと今なら言い切れます。でも「関心」自体をずっと見ていたかったのです。

それが、あっという間に崩壊したのは、私がデビュー一年後に、ある賞を受賞した時でした。

三島はよりによって、私のアパートに女を連れ込み、さらに私が帰ってくることも分かった上であえて女を帰さなかったのです。私はあまりにもあり得ない光景を目の当たりにして、どうしたらいいのか分からず、玄関で呆然としていました。

女は慌てて、玄関にいた私にぶつかりながら去っていきました。

私はまだ呆然としていました。

理不尽なことが起きた時、私は頭の中が真っ白になってしまいます。そして、身動きさえとれなくなる。一言も発することができず、微動だにしない私に三島はイライラしながらこう言いました。

「授賞式、楽しかった？」

この時初めて、私は三島が私の味方ではないことを自覚しました。

三島は私にとっての最高の日を、台無しにするためだけに、こんなことをしたのです。

「麻美が悪いんだよ」

そうも言っていたので、私はいただいていた花束を玄関に置いたまま、混乱から離れたいと思って自分の部屋から逃げ出しました。三島から何度も電話がかかってきましたが、ケータイの電源を切り、近所の漫画喫茶で一夜をすごしました。色んなことをぐるぐると考えて一睡もできず、もういい加減、三島も家に帰っただろうと思って、翌朝、自宅のアパートに帰りました。

三島はまだ私のアパートにいました。そして、私のパソコンデスクに座っていました。私は恐る恐る彼に近づきました。

「ごめん。帰ってくれないかな。それから、合鍵も返して欲しい」

私がそう言うと、三島は私の足もとで土下座をしました。

「別れたくてやったわけじゃないんだ」

「ごめんなさい。私はもう別れたい」

「悪かった。麻美が遠くに行ってしまうみたいで寂しかったんだよ」

「正隆さんは私のことが好きではないと思う」

「どうして？」

「どうしてって、そうでしょう？　こんな日にこんなことをするなんて」

「そんなことはないよ。寂しかっただけなんだ！」

こういうかんじのやりとりが続いた結果、三島は私を説得することに成功してしまいました。

成功はしましたが、私の中での三島に対する感情はまったく違うものになりました。

三島がいない時に三島の喜ぶことなど、もう想像することはできませんでした。

あのふわふわとした、やわらかな気持ちは、私にとってとても大切な感情でした。

彼が好きそうだなと思う本を見つけたり、彼が話題にしたら喜びそうなニュースを見たりすると、思わず顔がゆるむようなあの感覚。きっとそれを手放せなかったから、私は今まで三島がどれほど私の小説にけちをつけても別れようとはしなかったのです。

そのことに失ってから気づきました。

もう取り戻せない感情でした。

きっと私は、三島と別れて他の人と付き合ったところで、あんな風に誰かを思うことは二度とないのだと思いました。それもやってみないと分からないことだと言われてしまうかもしれませんが、三島が与え、三島が奪ったこの感情を失くしたことがどうしても許せなかったのです。

私はこの感情を奪った三島に復讐しようと思いました。そして、三島が私と一緒に居続けることこそが一番の復讐になると考えたのです。

神永先輩に認められたかった三島。

私の作品のあら探しをして、私の上に立ちたい三島の本当の気持ち。

授賞式の日を台無しにしたい気持ちの裏側にあるもの。

それは私に対する嫉妬だと、ようやく私は気づきました。

それならば、一番近くにいて、私の成功をいつまでも眺め続ければいいと思いました。

三島は私が大事にしていきたかった感情を奪いましたが、三島の存在は私がものを書き続ける、仕事で最高のものを作るための原動力に変わったのです。それはとても強いエネルギーを持った原動力でした。

三島は私の一年先輩だったので先に卒業し、商社に勤務しはじめました。

社会に出て、三島の気の持ちようが変わるのではないか、と私は少しだけ焦りましたが、何も変わりませんでした。

「つまらないから辞めた」

と、たったの半年で会社を辞めた三島の愚痴を聞き、頭の中で要約しました。

三島は自分が存在するだけで最高の評価がもらえるという、謎の自信を持っているのかもしれないなという結論に達しました。

自分の意志で仕事を辞めたのに、三島はこの時はやけに塞ぎ込みました。

そして、私のアパートに三島の母親が訪れました。

「正隆はあなたのせいで病んだのだから、ちゃんと面倒を見てちょうだい。籍を入れてちゃんとしてもらわないと困るわ」

お義母さんが、最初何を言っているのかよく分からなかったのですが、よくよく聞いてみたところ、優秀な自分の息子が仕事を辞めて実家で引きこもっている状態がお義母さんのいうところの「常識」には見合わないらしく、その状態から脱出するための手段をつきつけるべく、私のところにやってきたようでした。

「あの、でも、私は正隆さんから、結婚して欲しいとは一度も、ちらりとも言われていないんです」

私があたりまえにこう返すと、お義母さんは顔を真っ赤にしました。

「そんなこと、あなたが言えばすむことでしょう」

その理不尽さに頭がぼんやりしかけましたが、三島と結婚すれば私の復讐は間違いなく継続するので、それでいいと思いました。

こうして、私と三島の結婚は「私が望んだ」と言う形で決まったのです。

卒業と同時に結婚生活がはじまることになりました。結婚することになって、まず住むところをどうするかで、三島とではなく、お義母さんと揉めました。

私はお義母さんと同居でもよかったのですが、お義母さんは仕事をしていない三島をご近所の人に見られたくないようだったのです。私は賃貸を希望していましたが、なぜか、新築のマンションを私が買うことになってしまいました。

こうして、私と三島の新婚生活がはじまりました。

結婚生活の十年、私が稼ぎ、三島が散財するという関係でした。

三島は編集者が自宅に打ち合わせに来るのが好きでした。自分も、もの書きなのだと言って、アピールする度に私は笑いが止まらなくなりました。

「いつかやりたい」と三島が思いそうな仕事は率先して受けました。その時の三島の悔しそうな顔は、私のごちそうでした。

お義母さんの嫁いびりも楽しめてしまうくらいのごちそうでした。

私が目標を達成するごとに、三島の散財と浮気癖は酷くなっていきました。

三島は三島でそういう形で私に復讐しているのだと思いました。

本当は自分がやりたいことを私がやっている。そんな私を罰しているつもりだったのでしょう。

そして、創作活動をするつもりで仕事を辞めたという体裁をとったはずなのに、いつまでたっても三島の作品はできあがりませんでした。きっと、そんな日は来ないのだろうと思っていました。

このまま三島は腐っていくのだと、私は心の中でせせら笑っていました。

けれども、そうも言っていられない状態になりました。一年前、私は脳腫瘍を宣告されたのです。とても難しい場所にあり、かなり大きくなっていると言われたので、私は手術をしないことに決めました。

そして、自分が感情を失う前に、死のうと考えました。

そこまで決意はしたものの、私は改めて自分の人生はなんだったのかと色々なことを思い返し、空しくなったのです。

そこで、三島に最後の復讐をしようと考えました。

復讐というか、実験に近いかもしれません。私がされてきて、本当に嫌だったことをした時、三島はどうするかなと、何度も考えたのです。

そして、私が同じことを三島にすれば、三島は私を殺すのではないだろうかという結論に至りました。私がどれだけ目標を達成しようとも、三島は私を見下していました。神永先輩はお気づきかもしれませんが、他の編集者には私の作品はデビュー作しか読んでいない、私の仕事にはノータッチだと言っている三島ですが、本当は私の作品のすべてを隅々まで読み、ピントのずれたアドバイスと、理不尽な評価を下し続けたのです。

一番傷ついたのはこの言葉でした。

「麻美の読者は低脳なんだな。こんな易しい小説で喜んでいるんだから」

私ではなく、私の読者に対する誹謗中傷は私を苦しめました。

三島の作品を読んで、私がされてきたことをそっくりそのまま返したい。

それで死ぬなら面白いかもしれない。

私はそれから、もしそうなったら、次にどうなるのかを考えてみました。

小説の伏線を考える作業と一緒です。

いかにドラマティックになるのか考えました。私が死んだ後、三島はきっと山中湖の別荘で私を解体するだろうな。そして、死体の一部は山中湖に捨てるかもしれない。そうすれば私の墓標は富士山になるのか。それも悪くない、と思いました。

この計画で一番難しかったのは、三島に「習作」ではないものを書かせることでした。それには池上さんに協力してもらいました。もう、三島の作品を読んでみたいというものなど誰ひとりいなかったので、三島にやる気を出させたいと言って池上さんにお尻を叩かせることにしました。

ようやく三島が久しぶりに何かを書きはじめたので、池上さんに次の指示を出しました。三島が途中で書くのを投げ出すことがないように「妊娠した」と池上さんに嘘をついてもらったのです。池上さんの妊娠を機に三島は、より一心不乱に何かを書いていました。でも、肝心の池上さんに対して、何もフォローをしていませんでした。三島にとって女性は安心させる対象ではありません。なので、気遣いというものがない。実際の池上さんは妊娠していなかったのですが、三島のこの態度は池上さんに不信を抱かせるには十分だったと思います。

もともと、池上さんは三島と望んで関係を持ったのではないような気がしていたので、そもそも損なう信頼関係すら希薄だったとは思います。三島と池上さんの思惑は違っていましたが、池上さんの妊娠で三島が最後まで書く気になったのは間違いありません。

　こうして、三島が小説を完成させるという舞台を整えたのです。

　最初にこの計画を考えた時に、私の死後のことを考えてみました。三島のことだから、山中湖の別荘で私を解体すれば記憶に蓋をするために二度と別荘には訪れないのではないか。

　それではつまらないなと思いました。ゆっくり、私を殺したことに怯えてもらいたかったので、山中湖の別荘に行くしかない状況を作りたいと考えました。

　それに一番邪魔なのがお義母さんの存在でした。三島の実家はそれなりに資産があるので、三島が困ればさすがにマンションを買う時に何の援助もしなかった上、名義を三島にするように言った理不尽な姑でも、お金を出すと思いました。

　そして、私はあのお義母さん宛の動画の通りに、お義母さんが橋本良介と出会うようにお膳立てをしました。私がやったことはきっと非難されるでしょう。でも、橋本良介について語る時のお義母さんは、嫁いびりをしている時よりずっと笑顔で輝いていたので、私は悪いことをしたとは思っていません。

　私が死んだ後もお義母さんはきっと幸せなのではないかなと思います。

　ただし、お金が続く限りは、という条件がついてしまうのが残念です。

　これで、お義母さんが三島を助けることはもうないでしょう。

　そして、私という収入源が絶たれた三島は、東京のマンションを売って、山中湖の別荘に行くしかなくなる。ここまで私の思い通りになれば、せっかくなので、特別なゲストを別荘に招待しようと思いました。

私の親友、佐々木絵美さんの父親の佐々木信夫です。メールを送ってみたら、とてもいい反応が返ってきました。

絵美は復讐を望んでいないと言いました。その意思をずっと尊重したかったのですが、いざ自分が死ぬことになった時、やはり佐々木信夫は許せないと思いました。

私はひとり生き残ってから、事件についてずっと考えてきました。そして、こんな疑問が湧いたのです。佐々木信夫が絵美に性的虐待をしていなかったなら、絵美は果たして私と友だちになっただろうか？　という疑問です。絵美は私たち四人の孤独や苦しみに吸い寄せられました。それは絵美自身が苦しんでいたからです。

私にこんなことを考えさせる佐々木信夫が許せなかった。

なので、私は今までずっと語ることのなかった「白い鳥籠事件」のノンフィクションを書き上げることにしました。佐々木信夫にそのことを伝えるメールを送りました。佐々木信夫は絵美が死んでから、個人で塾を開いていましたから、簡単にホームページにたどり着き個人情報を入手できたのもラッキーでした。

私が数回メールをしたところ、返信があったので、いざ作品がブログに掲載されれば、何かしら反応があると思います。

山中湖の別荘に私を訪ねるか、あるいは自死する可能性もあるなあとは思います。

できたら、三島のいる別荘に行ってもらいたいものですが、私はもう死んでいるのでどうなるかは想像することしかできないのが残念なところです。

神永先輩はご存じだとは思いますが、三島は大変プライドの高い、そして、大変臆病な男です。習作ですら、神永先輩に見せることがなかったのですから。

その三島の作品なのですが、まあ、本当に酷いものでした。恥をかかずに作品を生み出そうとするからだと思います。そして、人の作品を批判の対象にしかせず、自分自身をアップデートすることがなかった人間の末路だと思います。


私は三島には遺書を残さないことに決めています。

そうすれば、三島は私が何をしたかったのか、どうして殺される前に遺書を書いていたのか、ずっと考え続けることになると思います。あるいは私がまだ何かを書き残しているかもしれないと妄想し続けるかもしれません。そうして、ずっと考え続けて、三島はあの別荘で少しずつ病んでいくと思います。

もしかしたら、私の予想も推理も外れてしまうことだってあるかもしれませんが、それならそれでいいと思います。

予定通り三島に殺されるという目的は達成できたのですから。これから死ぬ私はこの先の未来を確認することが残念ながらできません。なので、私にとっての真実は、ここに書いてある通りなのです。

ここで、神永先輩にひとつお願いがあります。

これを読み終えたら、池上さんの安否を確認して欲しいのです。

何を言うんだ？　池上なら会社にいる、ということならいいのですが、池上さんは私のストーカーである前に私の作品の熱心なファンでもありました。池上さんがちょっとしたことで、せっかく私が遺書まで書いたというのに、三島が私を殺したということに気づいてしまうかもしれません。そうすると、どういうことになるか、恐ろしいことが起きるのではないのかと、想像せずにはいられないのです。


長い話にお付き合いいただきありがとうございます。ここまで書いて自分でもなんでこんなことをしたのだろうとも思います。

三島と離れて、残りわずかな余生をゆっくり過ごすことだってできた、と神永先輩だったらそう考えると思います。

私はきっと他でもない三島に愛されたかったのかもしれません。けれど、決して手に入らないものでした。三島が持っていない感情だったので、恐らく私以外の三島に関わったことのあるどの女も受け取っていないはずです。

そして、私も誰かを上手に愛せるような人間ではなかったのだと思います。

あのふわふわした、やわらかい気持ちの代わりに手に入れたこの憎しみこそが、私の愛情だったのだと思います。

煌文社文芸編集部

最後になりますが、神永先輩、神永先輩を真実の見届け人に選んでしまって申し訳ありません。でも、神永先輩が一番ふさわしい人物だということもお分かりなのではないでしょうか。この真実をどうするかは神永先輩にお任せします。そして、池上さんがきっと死ぬほど欲しがるはずのサイコガールシリーズのプロットなのですが、プロットではなく、完成させた原稿を池上さんのＰＣから煌文社編集部の共有フォルダにアップロードしてあります。左右にアンダーバーと７３０としかタイトルのないファイルを開いてみてください。

池上さんはまさか私が自分と同じことをするとは思いもしなかったようですね。私も池上さんのパスワードを知っていたんです。

この原稿も神永先輩にお任せしたいと思います。お好きにしていただいて結構です。私は神永先輩のおかげで小説家になることができたと思っています。神永先輩が沢山褒めてくれたから、三島にどんなことを言われても、違う視点で受け止めることができました。

神永先輩を好きになればよかった、と思ったこともあります。でも人間は必ずしも正しい道を選ぶことができない。

それは私の四人の友人たちが教えてくれていたはずなのに、それでも私は正しい道は選べなかった。

でも、この世に爪を立てることも叶わず、飛び立ってしまった四人の親友の代わりに、少しでも爪痕を残すことができたのなら、少しは正しい道を選べたのだということにならないかなと思います。

私もようやく飛び立てます。

神永先輩、さようなら。どうかお元気で。

令和五年　七月十五日
森林　麻美

煌文社文芸編集部

「ちくしょう！」

神永進はUSBメモリに入っていた、森林麻美の最後の遺書を読んでからそう独りごちた。そして、すぐに編集部の共有フォルダを開いた。確かにアンダーバーと730とだけ書かれたタイトルが見つかり、クリックする。

四ページくらい読んでから確信した。登場人物の名前、それに冒頭の文章。間違いなくあの人気シリーズだ。名前をつけて自分のPCにファイルを移動し、共有フォルダから削除する。そして、神永は自分のデスクの隅に置きっぱなしにしていたスマートフォンを手にすると、震える手で池上沙織の番号を探した。

コール音もならず「お客様のご都合により……」とアナウンスが流れた。

神永は背筋がぞうっとした。

立ち上がりその場にいた全員に聞こえるように言った。

「誰か、最近、池上、池上沙織と連絡取った人、いないか？」

みな一様に首を振った。

池上沙織には近しい身寄りがなかったことを神永は覚えていた。盆暮れ正月に実家に帰ると言わない理由がそれだったからだ。

電話が繋がらない池上沙織は三島正隆に殺されてしまったのだろうか？

神永は自分の知りうる限りの池上の知人に連絡を取ったが、返事は同じだった。

神永は与えられた真実をどうするべきか、迷いながら警察に池上沙織のことを相談したが、大人ひとりが自分の意思でいなくなったのだ、あまり重く受け止めてもらえはしなかった。遺書を書き残して消えた、森林麻美の時と同じだった。

警察から編集部に戻った神永は、頭痛のするこめかみを揉みながら。ぼんやりと浮かぶ疑問に首を振った。

果たして、森林麻美は本当に脳腫瘍で、余命いくばくもなかったのだろうか？

少女時代の集団狂言自殺の失敗を、ずっと悔いてその希死念慮《きしねんりょ》から、計画的に自殺する方法をずっと考えていたのではないだろうか？

あの四人の少女たちが死んだ七月三十日。森林麻美が同じ日に殺されたという事実が、その傍証になりはしないだろうか？

神永はぞうっと寒気を覚えてまた首を振った。

森林麻美は、私の真実と言った。その真実の重みに、神永の頭は再びずきずきと痛みはじめた。

星月　渉（ほしづき・わたる）

岡山県津山市出身。兵庫県姫路市在住。
小説投稿サイト「エブリスタ」を中心にWEB小説を多数投稿。2017年、『三毛猫カフェ トリコロール』で作家デビュー。2019年、『ヴンダーカンマー』で第1回エブリスタ×竹書房 最恐小説大賞を受賞。2023年、本作『私の死体を探してください。』でnote主催の創作大賞2023光文社文芸編集部賞とテレビ東京映像化賞をW受賞した。

本作はnoteに投稿された応募作を大幅に加筆修正したものです。

私《わたし》の死《し》体《たい》を探《さが》してください。

２０２４年７月30日　初版１刷発行

著者　星月《ほしづき》　渉《わたる》
発行者　三宅貴久
発行所　株式会社　光文社
〒１１２-８０１１　東京都文京区音羽１-１６-６
電話　編集部　０３-５３９５-８２５４
書籍販売部　０３-５３９５-８１１６
制作部　０３-５３９５-８１２５
ＵＲＬ　光文社　https://www.kobunsha.com/

組版　萩原印刷
印刷所　新藤慶昌堂
製本所　国宝社

ISBN978-4-334-10357-6